La próxima persona que encontrarás en el cielo

MITCH ALBOM

La próxima persona que encontrarás en el cielo

Traducción:
JOFRE HOMEDES BEUTNAGEL

MAEVA **OCEANO**

LA PRÓXIMA PERSONA QUE ENCONTRARÁS EN EL CIELO

Título original: THE NEXT PERSON YOU MEET IN HEAVEN

Diseño de portada: Sandra Dios sobre imágenes de Shutterstock e Istockphoto
Fotografía del autor: © Glenn Triest

© 2018, ASOP, Inc.

Publicado bajo el acuerdo de David Black Literary Agency, a través de
International Editors' Co.

© 2019, JOFRE HOMEDES BEUTNAGEL (por la traducción)

D.R. © 2019, por la coedición:
Maeva Ediciones, Benito Castro, 6. 28028 Madrid
www.maeva.es
y Editorial Océano, S.L., Milanesat, 21-23
Edificio Océano, 08017 Barcelona, España
www.oceano.com

D. R. © 2019, para la presente coedición:
Maeva Ediciones y Editorial Océano de México, S.A. de C.V.
Homero 1500 - 402, Col. Polanco
Miguel Hidalgo, 11560, Ciudad de México
info@oceano.com.mx

Esta coedición es para venta exclusiva en Hispanoamérica
Prohibida su venta en España.

Primera coedición: noviembre 2019

ISBN: 978-607-557-035-8

Impreso en México / Printed in Mexico

Para Chika, la «niñita» de nuestras vidas,
que ya está iluminando el cielo.

Y para todas las enfermeras del mundo,
que, como las que cuidaron a Chika, no saben
hasta qué punto nos conmueven.

Nota del autor

AL IGUAL QUE *Las cinco personas que encontrarás en el cielo*, esta historia está inspirada en mi querido tío Eddie Beitchman, un veterano de la Segunda Guerra Mundial que se consideraba «un don nadie que no ha hecho nunca nada».

De pequeño, Eddie me contó que una noche había estado a punto de morirse en el hospital, y que se había separado de su cuerpo. Entonces, desde arriba, había visto que al borde de la cama lo esperaban sus difuntos más queridos.

A partir de entonces vi el cielo como un sitio donde nos reencontramos con la gente en cuyas vidas hemos incidido en este mundo, y podemos volver a verla, aunque reconozco que sólo es un punto de vista entre tantos, de la misma manera que hay muchas definiciones religiosas, y que todo ello merece un respeto.

Esta novela, pues, y su versión del más allá, son un deseo, no un dogma: el deseo de que los seres queridos como Eddie hallen la paz que no encontraron en este mundo, y se den cuenta de que nadie es indiferente a nadie, ni un solo día de esta vida nuestra tan valiosa.

El final

ÉSTA ES LA historia de una mujer llamada Annie. Empieza por el final, cuando se cae del cielo. Al ser joven, Annie nunca pensaba en los finales. Tampoco pensaba en el cielo. Pero todos los finales son también principios.

Y el cielo piensa siempre en nosotros.

EN EL MOMENTO de su muerte, Annie era alta, esbelta, con una melena rizada de color caramelo, los codos y los hombros muy marcados, y una piel que en los momentos de vergüenza se ponía roja alrededor del cuello. Tenía los ojos brillantes, de un color verde aceituna claro, y una cara suave y ovalada, descrita por sus compañeros de trabajo como «guapa, cuando la conoces».

Trabajaba de enfermera en un hospital de la zona, con bata azul y zapatos deportivos blancos; y fue en ese hospital donde se iría de este mundo, tras un dramático y trágico accidente, un mes antes de cumplir treinta y un años.

Habrá quien diga que era «demasiado joven», pero ¿qué significa demasiado joven cuando se habla de una vida? De pequeña ya se había salvado de morir en otro accidente. Fue en un sitio conocido como Ruby Pier, un parque de diversiones junto a un gran mar gris. Según algunos, fue «un milagro» que sobreviviera.

O sea, que quizá ya tuviera más años de los que le correspondían.

—ESTAMOS AQUÍ REUNIDOS...

Si supieras que estás a punto de morir, ¿a qué dedicarías tus últimas horas? Annie, que no lo sabía, las dedicó a casarse.

El novio se llamaba Paulo. Tenía los ojos del color azul claro de una piscina poco profunda y una mata de pelo azabache. Se habían conocido en la escuela primaria, jugando a saltar el potro en un patio asfaltado. Annie, nueva en el colegio, era tímida y retraída, y se repetía a sí misma, escondiendo la cabeza: «Ojalá pudiera desaparecer».

De repente le apretaron los hombros unas manos, y un niño aterrizó delante de ella como si le hubieran dejado un paquete.

—Hola, soy Paulo —dijo sonriendo; un mechón de pelo le caía por la frente.

De repente Annie ya no quiso estar en otro sitio.

—ANNIE, ¿ACEPTAS A este hombre...?

Con catorce horas de vida por delante, Annie pronunció sus votos conyugales. Paulo y ella estaban debajo de un dosel, junto a un lago de color arándano. Se habían reencontrado hacía poco, tras perder el contacto durante la adolescencia; años difíciles para Annie, en los que había soportado malas relaciones y sufrido muchas rupturas; tantas que al final se había convencido de que no volvería a enamorarse y de que no se casaría. Lo tenía muy claro.

Pero ahí estaban Annie y Paulo. Asintieron delante del pastor y juntaron las manos. Annie iba de blanco; Paulo, de negro. Estaban bronceados por las horas pasadas bajo el sol. En el momento de girarse hacia su futuro esposo, Annie vio flotar un globo en el crepúsculo y pensó: «Qué bonito».

Luego se fijó en la sonrisa de Paulo, amplia como el horizonte. Se oyeron risas nerviosas mientras él pasaba apuros al ponerle el anillo.

—¡Enhorabuena! —gritaron todos cuando Annie enseñó el anillo.

TRECE HORAS POR vivir. Recorrieron el pasillo del brazo, como dos recién casados con toda la vida por delante. Mientras Annie se enjugaba las lágrimas, vio que en la última fila había un viejo con una gorra de tela, la mandíbula muy pronunciada y una gran sonrisa. Le parecía conocido.

—Paulo —susurró—, ¿ése de allá, quién...?

Justo entonces la interrumpió otra persona.

—Pero ¡qué guapa estás!

Era una prima adolescente, con aparato de audición.

—Gracias —respondió Annie con una sonrisa, moviendo los labios en silencio.

Cuando volvió a mirar, el viejo ya no estaba.

Doce horas. Annie y Paulo salieron a la pista de baile, iluminada con hileras de focos blancos. Paulo levantó un brazo.

—¿Preparada? —dijo.

Annie recordó una noche en un deportivo de preparatoria, en que plantándose ante Paulo le había dicho:

—Aparte de ti ningún chico me dirige la palabra, o sea que dime ahora mismo si quieres bailar o me voy a mi casa a ver la tele.

La reacción de Paulo había sido sonreír, con la misma sonrisa que ahora: de repente volvían a encajar, como las piezas de un rompecabezas.

—¡Miren aquí, parejita feliz! —gritó un fotógrafo que apareció de repente.

Annie hizo el gesto automático de esconder detrás de la espalda de Paulo su mano izquierda, un poco más pequeña que la otra, y con cicatrices del accidente de hacía más de veinte años.

—Guapísimos —dijo el fotógrafo.

Once horas. Apoyada en el brazo de Paulo, Annie contempló la sala. La fiesta empezaba a decaer. En los platos había restos de pastel y debajo de las mesas pies descalzos de mujer, con los zapatos de tacón al lado. No había muchos invitados. (Annie tenía poca familia.) Había podido hablar con casi todos.

—¡A ver si nos vemos más a menudo! —decían muchos efusivamente.

Paulo se giró hacia ella.

—Te he hecho una cosa —dijo.

Annie sonrió. Paulo siempre le hacía regalitos: figuras de madera, adornos... Había aprendido a tallar y pintar en Italia, adonde se había trasladado con su familia. En esa época, la de la adolescencia, Annie pensó que no volvería a verlo, pero al cabo de unos años pasó junto a las obras de un nuevo pabellón del hospital y se lo encontró trabajando como carpintero.

—Oye, yo a ti te conozco —dijo Paulo—. ¡Eres Annie!

Diez meses después estaban comprometidos.

Al principio Annie era feliz, pero a medida que se acercaba la fecha de la boda empezó a ponerse nerviosa y a dormir mal.

—Cuando hago planes nunca salen bien —le dijo un día a Paulo, que, pasándole un brazo por la espalda, le recordó que el encuentro en el hospital no estaba «planeado».

Annie arqueó las cejas.

—¿Cómo lo sabes?

Él se rio.

—¡Ésta es la Annie con la que voy a casarme!

Sin embargo, seguía preocupada.

—Toma —dijo Paulo dándole algo hecho de alambres amarillos, algo blando y peludo, con orejas ovaladas encima y pies ovalados debajo.

—¿Un conejo? —dijo Annie.

—Sí.

—¿Está hecho con limpiapipas?

—Sí.

—¿De dónde lo sacaste?

—Lo hice yo. ¿Por qué?

Annie empezó a mover los pies. De repente estaba incómoda. Al mirar al otro lado de la pista vio al mismo viejo de antes. Iba sin afeitar, una pelusa blanca le cubría el mentón. Su traje parecía de hacía treinta años, pero lo que le llamó la atención fue su piel: era rara, emanaba como una luz propia.

«¿De qué conozco yo a este hombre?»

—¿No lo quieres?

Annie parpadeó.

—¿Qué?

—Tu conejo.

—Ah… Sí, sí que lo quiero.

—Sí, quiero —repitió Paulo, pensativo—. Hoy estamos diciendo mucho «sí, quiero».

Annie sonrió, acariciando el peluche, pero de repente tuvo frío en todo el cuerpo.

EL DÍA DEL fatídico accidente, Annie había tenido en sus manos un conejo hecho con limpiapipas, como el que acababa de darle Paulo. Era un regalo del mismo viejo con barba de varios días al que veía ahora en la boda.

Y que llevaba muerto más de veinte años.

Se llamaba Eddie y trabajaba en el Ruby Pier, reparando juegos. Cada día engrasaba los rieles, ajustaba los tornillos y recorría el parque por si oía o veía algo raro. Siempre llevaba unos cuantos limpiapipas en el bolsillo de su camisa de trabajo con los que hacía figuras que regalaba a los niños que iban al parque.

El día del accidente, la madre de Annie la había dejado sola para irse con el novio en turno. Annie se había acercado a Eddie, que estaba mirando el mar. La niña llevaba pantalones cortos y una camiseta verde lima con un pato de dibujos animados.

—Perdone... ¿Eddie Mantenimiento? —dijo, leyendo la etiqueta de la camisa.

—Sólo Eddie —respondió él con un suspiro.

—¿Eddie?

—¿Sí?

—¿Puede hacerme...?

Annie juntó las manos como si rezara.

—Vamos, niña. No tengo todo el día.

—¿Puede hacerme un animal? ¿Puede?

Eddie, en broma, miró hacia arriba como si tuviera que pensarlo. Luego sacó sus limpiapipas amarillos e hizo un conejo, idéntico al que acababa de darle Paulo.

—Graciaaas —dijo ella, alejándose a saltitos.

Doce minutos más tarde, Eddie estaba muerto.

EL FATAL INCIDENTE se debió al desprendimiento, a sesenta metros de altura, de uno de los vagones de un juego vertical que se llamaba la Caída Libre. Se quedó colgando como una hoja seca, mientras ponían a salvo a los usuarios. Eddie, que lo observaba desde abajo, se dio cuenta de que uno de los cables había empezado a deshilacharse. Si se partía del todo, el vagón se caería.

—¡Apártense! —gritó.

Abajo, el público se dispersó.

En medio del tumulto, Annie corrió en la dirección equivocada y se quedó encogida en la plataforma, al pie del juego, paralizada por el miedo. Entonces el cable se partió y el vagón se fue al suelo. De no haber sido por Eddie, que en el último segundo se lanzó a la plataforma y apartó a la niña, Annie habría recibido todo el peso del vagón, que, al final, cayó sobre Eddie.

Y le quitó la vida.

Aunque también a Annie le quitó algo: su mano izquierda. Un trozo de metal desprendido a causa del impacto la seccionó por el hueso con un corte limpio. Unos trabajadores tuvieron la rapidez mental de recoger la sangrante extremidad y meterla en hielo. Los auxiliares médicos salieron disparados hacia el hospital, donde los cirujanos, después de muchas horas, lograron reparar los tendones, los nervios y las arterias, hicieron injertos de piel y usaron placas y tornillos para volver a unirle la mano a la muñeca.

La noticia del accidente salió en los diarios televisivos de todo el estado. Los periodistas bautizaron a Annie como «el pequeño milagro del Ruby Pier». Rezó por ella gente que nunca la había visto, hasta hubo algunos que quisieron conocerla personalmente, como si su salvación les hubiera enseñado algún secreto sobre la inmortalidad.

Pero Annie, que sólo tenía ocho años, no se acordaba de nada. Se le había borrado la memoria por el *shock*, como cuando se apaga de golpe una llama por culpa de una ráfaga de viento. Al cabo de los años seguía sin recordar nada más que imágenes sueltas, *flashes* y la vaga sensación de haber ido al Ruby Pier sin preocupaciones y haber vuelto a casa convertida en otra persona. Los médicos usaban términos como «represión consciente» y «trastorno traumático», sin saber que hay recuerdos que son para este mundo y otros que sólo resurgen en el otro.

Sin embargo, se había producido el intercambio de dos vidas.

Y el cielo siempre observa.

—¡BUENA SUERTE! ¡QUE Dios los bendiga!

Annie y Paulo corrieron hacia la limusina, esquivando el arroz que les tiraban con vasos de cartón. Paulo abrió la puerta. Annie subió, arrastrando el vestido.

—¡Yuju! —se rio Paulo, y se sentó a su lado.

El conductor se giró. Era un hombre con bigote, ojos marrones y los dientes manchados de tabaco.

—Enhorabuena, chicos.

—¡Gracias! —contestaron al unísono.

Annie oyó golpes en el cristal. Era su tío Dennis, con un puro en la boca.

—Bueno, pareja —dijo cuando Annie bajó la ventanilla—. Pórtense bien, tengan cuidado y sean felices.

—Las tres cosas a la vez no pueden ser —dijo Paulo.

Dennis se rio.

—Pues entonces, sean felices y punto.

Le apretó los dedos a Annie, cuyos ojos empezaron a empañarse. Dennis, el hermano de su madre, se había hecho un nombre como cirujano en el mismo hospital donde trabajaba ella, y después de Paulo era el hombre al que más quería en el mundo. Calvo, barrigón, de risa fácil, siempre había sido una figura más paterna que su propio padre, Jerry («el desgraciado de Jerry», como decía su madre), que se había ido de casa cuando Annie era pequeña.

—Gracias, tío Dennis.

—¿Por qué?

—Por todo.

—Tu madre estaría encantada.

—Ya lo sé.

—Nos está viendo.

—¿Tú crees?

—Sí —Dennis sonrió—. Annie… Estás casada.

—Estoy casada.

Le dio una palmadita en la cabeza.

—Empiezas otra vida, nena.

Quedaban diez horas.

NINGUNA HISTORIA EXISTE por sí sola. No somos conscientes de lo entrelazadas que están nuestras vidas, como los hilos de un telar.

Justo cuando Annie y Paulo bailaban en su boda, a sesenta y cinco kilómetros, un hombre apellidado Tolbert iba en busca de sus llaves. Se había acordado de que su camioneta tenía el depósito casi vacío, y como sabía que a esas horas sería difícil encontrar una gasolinera abierta, las llaves que eligió fueron las de su mujer, que tenía un coche pequeño y compacto, con un neumático un poco desinflado. Tolbert salió de casa sin cerrar con llave y miró las nubes, que ribeteaban la luna de gris.

Si se hubiera llevado la camioneta, esta historia no sería la misma. Tampoco lo sería si Annie y Paulo no se hubieran parado a tomarse algunas fotos más y si el conductor de la limusina se hubiera acordado de recoger la bolsa que tenía al lado de la puerta de su casa. El cuento de tu vida se escribe cada segundo, y es tan cambiante como el giro de un lápiz: de la mina a la goma de borrar.

—¡PERO VAMOS A casaaaarnooos! —cantaba Paulo.

A Annie le hizo reír que no se acordara del texto. Se giró y se pasó la fuerte mano de Paulo por los hombros. En la vida hay maneras de tocar que hacen que hasta con

18

los ojos cerrados sepas quién te toca. A Annie le pasaba al sentir las manos de Paulo en los hombros, como cuando jugaban a saltar el potro muchos años atrás.

Y como ahora.

Vio la alianza de oro y soltó un profundo suspiro de satisfacción. Lo habían conseguido. Estaban casados. Ya no hacía falta seguir teniendo miedo de que un imprevisto lo desbaratara todo.

—Estoy muy contenta —dijo.

—Yo también —contestó Paulo.

La limusina arrancó. Annie saludó por la ventanilla, mientras los invitados aplaudían y enseñaban los pulgares. La última persona a quien vio fue al viejo de la gorra de tela, que saludaba con la mano con un gesto casi mecánico.

¿QUIÉN NO HA oído hablar del «cielo en la Tierra»? Es una expresión que hace pensar en algo espléndido, como el feliz momento en que se marchan los novios de la boda, pero «el cielo en la Tierra» también puede referirse a otra cosa, como lo que le pasó a Annie cuando vio mover la mano al viejo —Eddie, el del Ruby Pier— entre la multitud.

Hay momentos, cuando se avecina la muerte, en que se corre el velo que separa este mundo del siguiente; el cielo y la Tierra se superponen y, en ese instante, es posible vislumbrar algunas almas ya difuntas.

Ves que esperan tu llegada.

Y ellas te ven llegar a ti.

NUEVE HORAS POR delante. Era una noche de niebla. Empezaba a llover. El conductor puso en marcha el limpiaparabrisas, cuyo vaivén acompañó las reflexiones de Annie sobre lo que estaba por venir. Primero la luna de miel: un viaje a Alaska, planeado desde hacía tiempo, para ver auroras boreales. Paulo estaba obsesionado con ellas. Le había enseñado cientos de fotos y le hacía exámenes en broma acerca de su origen.

—Espera, espera, que me lo sé —recitaba ella de memoria—. Son unas partículas que se desprenden del sol y llegan a la Tierra. Tardan dos días en llegar. Penetran en la atmósfera por donde es más vulnerable, en…

—En la cima del mundo —terminaba Paulo.

—En la cima del mundo.

—Muy bien —decía él—. Aprobada.

Después de Alaska, una nueva vida. Paulo y Annie se habían unido a una organización que llevaba agua a aldeas sin recursos. Se habían presentado voluntarios para todo un año. En el caso de Annie, que nunca había salido del condado, era un gran salto, pero allí podría aplicar sus conocimientos de enfermería. En cuanto a Paulo, creía en el altruismo y a menudo construía cosas gratis. (Sus amigos se burlaban de él diciendo que intentaba «ganar todos los días una medalla al mérito».) Era algo que a Annie la hacía sonreír. Hasta entonces había elegido mal en cuestión de hombres, pero Paulo… Por fin una pareja de la que enorgullecerse.

—No veo la hora de llegar a… —dijo.

La limusina dio un bandazo y se pasó la salida prevista.

—¡Será posible! —dijo el conductor, mirando por el retrovisor—. No me ha dejado salir el tipo ese.

—No pasa nada —dijo Paulo.

—Saldré por la siguiente…

—Tranquilo…

—Normalmente llevo el GPS…

—Que no, que…

—Pero lo olvidé en casa…

—No se preocupe.

—Es que se me echó encima tan deprisa…

—No pasa nada —dijo Paulo, apretando los dedos de Annie—. Estamos disfrutando del trayecto.

Sonrió a su mujer, que le correspondió sin sospechar cómo acababa de cambiar el mundo.

CUANDO LA LIMUSINA dio media vuelta y tomó la autopista en sentido contrario, Annie vio el parpadeo de unas luces traseras en medio de la lluvia. Eran de un coche parado en el arcén, pequeño y compacto. Al lado había un hombre en cuclillas, empapado. Al ver la limusina, se levantó y se puso a hacer señas.

—Deberíamos parar —dijo Annie.

—¿En serio? —dijo Paulo.

—Está calado hasta los huesos. Necesita ayuda.

—No creo que le pase nada…

—¿Puede parar, por favor?

El conductor frenó delante del coche averiado. Annie miró a Paulo.

—Así empezamos nuestra vida conyugal con una buena acción —dijo.

—Da buena suerte —contestó él.

—Exacto —dijo Annie, aunque estuvo tentada de añadir que ya le parecía una suerte que se hubieran casado.

Paulo abrió la puerta. La lluvia caía con fuerza en el asfalto.

—¡Eh, amigo! —dijo en voz alta—. ¿Algún problema?

Fue hacia el otro hombre, que asintió con la cabeza.

—¡Es el coche de mi mujer! —exclamó—. Tiene un neumático desinflado. Y no trae gato en la cajuela, claro. ¿Usted tiene?

—¿Mujer?

—Gato.

—Era una broma.

—Ah.

Les escurría la lluvia por la cara.

—Supongo que en la limusina habrá uno.

—Sería estupendo.

—Espere un momento.

Paulo se acercó a la limusina por detrás, sonriendo a Annie y haciendo gestos exagerados con los brazos como un actor de cine corriendo a cámara lenta. El conductor pulsó el botón que abría la cajuela. Paulo encontró el gato y volvió a toda prisa con el dueño del coche.

—Muchas gracias. Las mujeres, ya se sabe…

—Bueno, yo no es que sea un experto —dijo Paulo.

OCHO HORAS POR delante. Annie vio por el cristal trasero que Paulo y Tolbert se secaban las palmas de las manos con un trapo. Ya habían cambiado el neumático. Ahora hablaban debajo de la lluvia.

Mientras se tocaba la alianza, vio que se reían. Paulo, el más próximo a la carretera, tomó la muñeca del conductor accidentado y se giró hacia Annie como si proclamara su victoria. Durante un momento, Annie no dio crédito a su buena suerte: un marido con el esmoquin mojado y de una guapura casi deslumbrante.

De repente se dio cuenta de que lo que brillaba eran unos faros. Un coche se acercaba a Paulo por detrás a gran velocidad, iluminando su silueta. Asaltada por el pánico, gritó su nombre, pero Tolbert lo agarró por el brazo y lo apartó.

El coche pasó como una exhalación.

Annie se dejó caer en el asiento.

—EH, MIRA —DIJO Paulo al sentarse a su lado, chorreante. Le enseñó una tarjeta de visita—. Tiene una empresa de globos aerostáticos…

Annie se abrazó a él.

—¡Dios mío! —exclamó, y le besó las mejillas y el pelo y la frente empapados—. Creía que te iban a atropellar.

—Sí, iba muy deprisa. Menos mal que el otro me ha… —al darse cuenta de lo aliviada que estaba, Paulo tomó el rostro de Annie entre sus manos—. Annie… Tranquila… —Su mirada se hizo más penetrante, como si la escrutara por dentro—. Estoy bien. No ha pasado nada. No va a pasarme nada. Acabamos de casarnos.

Los ojos de Annie se llenaron de lágrimas.

—Vamos al hotel —susurró.

—¡Al hotel! —anunció Paulo.

El conductor arrancó.

¿SABES CUÁL ES la causa del viento? Un encuentro de altas y bajas presiones. De calor y frío. El cambio. El viento lo provoca el cambio. Y cuanto mayor es el cambio, con más fuerza sopla el viento.

En la vida pasa lo mismo: los cambios traen más cambios. Después de la avería, el tal Tolbert, el de la empresa de globos, cambió de planes porque le preocupaba conducir sin neumático de repuesto y, en vez de ir a trabajar, que era lo que solía hacer a primera hora los fines de semana, se fue a su casa y llamó a su piloto auxiliar.

—Ocúpate de todo hasta mediodía, ¿de acuerdo? —le dijo.

El auxiliar en cuestión, un joven barbado que se llamaba Teddy, cambió de planes mientras contestaba, medio dormido:

—Sí, de acuerdo, no te preocupes.

Se preparó café y se vistió.

Después de quitarse los trajes de novios y de compartir su primera cama como matrimonio, Annie y Paulo cambiaron de planes cuando el sol empezó a asomar por las cortinas del hotel. Annie acarició el pelo de Paulo, que se incorporó en la almohada.

—¡Uf! ¡Estoy rendido!

Sin embargo, Annie no quería que se acabase.

—Técnicamente, si no dormimos aún es nuestra noche de bodas, ¿no?

—Supongo.

—Pues entonces...

Se inclinó sobre él para alcanzar una tarjeta de visita de la mesita de noche.

—¡Un viaje en globo! —dijo.

—Noooo...

—Síííí...

—No, no, no...

—Sí, sí, sí…

—¡Qué impetuosa, Annie!

—Ya, ya lo sé, no es típico de mí, pero al darnos el «sí, quiero» he visto un globo y quizá fuera una señal. En la tarjeta dice «excursiones al alba».

—Ya, pero…

—Por favoooor…

—Bueeeno… —Paulo cerró mucho los ojos, y luego los abrió—. ¡Está bien!

Annie echó mano del teléfono. Su última llamada antes de morir empezó así:

—Hola. ¿Hoy vuelan?

CINCO HORAS POR delante. Annie y Paulo, con chamarras contra el frío matinal, esperaban tomados de la mano cerca de una gran cesta para pasajeros, en medio de un prado. Parecía una concatenación de coincidencias: una tarjeta, una llamada, un piloto que se llamaba Teddy, una zona de despegue no muy alejada de su hotel… «Qué bonito será contarlo —pensó Annie—. Una noche de bodas que acabó entre las nubes.»

Un pequeño grupo de operarios manipulaba quemadores de gas propano para calentar el aire del globo, que a los pocos minutos empezó a subir como un gigante. Mientras el envoltorio adquiría la forma de una inmensa pera, Annie y Paulo se apoyaron el uno en el otro con naturalidad y admiraron la silenciosa aeronave que los llevaría al cielo.

Había varias cosas que en ese momento no podían saber: que Teddy era un piloto novato, muy deseoso de reivindicarse, que había accedido a llevarlos, a pesar de unas previsiones meteorológicas muy poco idóneas, porque acababan de casarse, que en el mundo de los globos los recién casados era un sector muy lucrativo de la clientela y que se le ocurrió que si se lo contaban a otros recién casados podía ser bueno para el negocio.

Y lo bueno para el negocio era bueno para él.

—¿Listos para despegar? —preguntó.

Hizo subir a Annie y Paulo a la cesta. Después cerró la puerta y, tras soltar los cables, lanzó una llamarada por el quemador.

El globo se despegó del suelo.

—Dios mío —dijo Annie, asombrada, cuarenta minutos después, mientras se deslizaban sobre grandes prados vacíos—. Es increíble.

Paulo se aferraba al barandal de la cesta.

—¿Por qué dice la gente que algo que acaba de pasar es «increíble»? ¿Qué haya pasado no lo hace creíble?

Annie sonrió, burlona.

—Está bien, genio.

—Lo único que digo...

De repente el globo recibió una ráfaga de viento que lo hizo virar bruscamente hacia el oeste.

—¡Uy! —dijo Teddy.

—¿Uy? —preguntó Paulo.

—No pasa nada —contestó Teddy, mirando las nubes—. Se levanta viento. Voy a bajar un poco.

Cerró una válvula para cortar el flujo de aire caliente y perder altura. Al cabo de unos minutos, mientras se oscurecía el cielo, otra fuerte ráfaga los impulsó más al oeste. Annie se fijó en que se estaban acercando a una arboleda.

—¿Técnicamente se pueden dirigir, los globos? —preguntó Paulo—. No lo digo por criticar, ni nada.

—Sólo subir y bajar —dijo Teddy, con la mano en el quemador de gas—. Tranquilo, que todo va bien.

Continuaron su deriva hacia el oeste. Cada vez había más viento y más nubes. Teddy abrió una escotilla para expulsar aire caliente y hacer bajar aún más el globo. Su intención era evitar las ráfagas. Un piloto más experto habría sabido que así aumentaba el riesgo de chocar con las copas de los árboles, y que mantenerse a cierta altura podía ser lo más seguro, aunque más accidentado; pero el piloto más experto era Tolbert, que en ese momento estaba en un taller, comprando un nuevo neumático.

De repente los árboles estaban muy cerca.

—No pasa nada, ¿eh? —dijo Teddy—, pero igual es mejor que se agachen, para que no les roce una rama.

Ya estaban cerca del bosque. Subió más la voz.

—¡Ahora, agáchense!

Annie y Paulo se dejaron caer en la cesta. La parte inferior del globo chocó con unas ramas altas, zarandeando a los pasajeros.

—¡No se levanten! —siguió gritando Teddy—. ¡Voy a aterrizar!

Abrió más la escotilla, que hizo un ruido sibilante. Mirando hacia arriba desde el fondo de la cesta, Annie vislumbró algo oscuro y horizontal a través de la tupida masa de hojas.

Líneas de alta tensión.

El globo las tocó, juntando dos. Annie oyó un chisporroteo, y vio un chispazo deslumbrante. Saltaron chispas. A Teddy se le doblaron las rodillas.

—¡Madre mía! —gritó.

La cesta bajaba a gran velocidad. Annie empezó a gritar. Paulo también. De repente todo daba vueltas, y Annie no distinguía nada con claridad: los árboles, el cielo, el suelo, un brazo, una cuerda, el cielo, zapatos, fuego…

Estaban cayendo de lado. El impacto de la cesta con el suelo hizo rodar a los tres pasajeros. Annie vio llamas, cielo, cuerdas, a Paulo, su codo, unos jeans, cielo… Luego Teddy desapareció por el barandal y el globo empezó a retomar altura, impulsado por el aire caliente del quemador de gas.

Bruscamente, notó la presión del brazo de Paulo en sus costillas.

—¡Salta, Annie! —exclamó él.

Por un momento, Annie vio su cara, pero no tuvo tiempo de pronunciar su nombre, porque Paulo la tiró del globo. De pronto estaba en caída libre. Luego… ¡Paf! Chocó de espaldas contra el suelo.

Su campo visual quedó sembrado de estrellas, un millón de lucecitas que tapaban el sol. Cuando volvió a enfocar la vista, quedó horrorizada al ver que el globo se había incendiado. Alguien caía hacia ella. Agitaba los brazos, y era cada vez más grande.

Finalmente Paulo, el hombre con quien acababa de casarse, se estampó contra el suelo.

Annie chilló.

DURANTE EL VÉRTIGO de la siguiente hora, una frase se aferraba a ella como un ancla: «Es culpa mía». Ni la ambulancia, ni las sirenas, ni la camilla, ni los médicos, ni el hospital, ni la sala de urgencias, ni las puertas que se abrían con un choque de metal lograron alejar la frase de su mente. «Es culpa mía.» Tampoco el revoltijo de cuerpos, ni los pitidos de los aparatos, ni el fuerte abrazo de su tío Dennis, enfundado en su bata de quirófano, mientras las lágrimas de Annie manchaban de humedad la tela verde claro.

«Es culpa mía.»

«He insistido yo.»

«Esto es por mí.»

«Lo he estropeado todo.»

En el caso de Annie, la caída se había traducido en moretones y dolores, pero a Paulo, que se había arrojado desde una altura de doce metros y medio, le había roto varios huesos y tendones y lesionado más de un órgano vital. Las fracturas, debidas a la fuerza del choque, se extendían a las piernas, la pelvis, la mandíbula y el hombro derecho, pero la peor parte se la habían llevado los pulmones, lacerados y ensangrentados por el aplastamiento de la caja torácica. Le introdujeron un tubo para que pudiera respirar, pero en las imágenes se veía que no era posible recuperar ninguno de los dos pulmones. Sólo podría sobrevivir con uno trasplantado. Los médicos hablaban en voz baja de registros nacionales y listas de trasplantes, y de a quién avisar con tan poca antelación. Fue entonces cuando intervino Annie, que había seguido la conversación con la boca muy abierta.

—Usen uno mío.

—¿Qué?

—Mi pulmón. Tienen que usarlo.

—Annie, eso ni se plantea…

—Sí que se plantea. ¡Puede salvarlo!

Empezó un debate durante el cual el tío de Annie y otras personas intentaron convencerla de que se equivocaba, pero ella, resuelta, no dejaba de gritar. Al ser enfermera, estaba versada en los requisitos mínimos de los trasplantes, como el grupo sanguíneo (que tenían en común Paulo y ella) y la proporción entre los cuerpos (medían lo mismo). Veía constantemente a Paulo al otro lado de las puertas de un quirófano, rodeado de enfermeras y aparatos: Paulo, que la había salvado; Paulo, que se estaba muriendo por su culpa.

—Annie, existe el riesgo de...

—Me da igual.

—Puede salir mal.

—¡Me da igual!

—Está muy grave. Aunque lo consiguiéramos, quizá no...

—¿Qué?

—Quizá no viva.

Annie tragó saliva.

—Si él no vive, yo tampoco quiero vivir.

—No digas eso...

—¡En serio! ¡Por favor, tío Dennis!

Había llorado tanto que creía que ya no le quedaban lágrimas, pero entonces se acordó de lo felices que habían sido hacía dos horas. ¿Dos horas? ¿Cómo puede cambiar tanto la vida en dos horas? Se repitió lo que le había dicho Paulo en la limusina, las palabras que había usado para tranquilizarla.

«Acabamos de casarnos...»

Temblaba de los pies a la cabeza. Dennis exhaló como si le hubieran dado un puñetazo en el estómago. Luego se giró hacia el cirujano en jefe, que tenía la boca oculta tras una mascarilla rígida. Pronunció un nombre que conocían los dos: el del principal experto en trasplantes del hospital.

—Yo lo llamo —dijo el cirujano en jefe.

EL RESTO DE los detalles pasaron como lluvia barrida por el viento. Las pantallas portátiles, las ruedas de las camillas, las toallitas con alcohol, las agujas, los tubos... Annie no prestó atención a nada, como si no le estuviera ocurriendo a ella sino a una cáscara que la envolvía. En las grandes crisis, salvarse puede depender de una pequeña convicción. La de Annie era poder salvar a su marido y remediar su error. «Un pulmón cada uno. Así los compartimos.» Se centraba en esa fe con la intensidad de un minero que, atrapado en una galería, se concentra en un rayo de luz.

En la mesa de operaciones rezó: «Haz que viva, Dios. Haz que viva, por favor». Sintió los efectos de la anestesia, que relajó su cuerpo y le cerró los ojos. Su último recuerdo consciente fueron dos manos que la empujaban suavemente por los hombros, y una voz masculina: «Dentro de un segundo nos vemos».

Luego todo empezó a dar vueltas y a ponerse más oscuro, como si la estuvieran metiendo en una cueva. En medio de la oscuridad vio algo extraño. Vio acercarse corriendo al viejo de la boda, con los brazos tendidos.

Después se puso todo blanco.

ANNIE SE EQUIVOCA

TIENE DOS AÑOS. *Está sentada en una silla de bebé. Delante de ella hay un vasito verde, con jugo de manzana.*

—*Mira, Jerry* —*dice su madre mientras lo destapa*—. *Sabe beber con popote.*

—*No me digas* —*mascula su padre.*

—*Los niños de esta edad aún no saben hacerlo.*

—*Estoy ocupado, Lorraine.*

—*Estás leyendo el periódico.*

—*Exacto.*

Annie empieza a dar saltos.

—*Quiere que la mires.*

—*Ya he visto cómo bebe.*

—*Sabe usar un popote.*

—*Sí, ya te he oído la primera vez.*

—*Jerry, por favor, que sólo es una…*

—*Bueno, basta. Me tengo que ir.*

Su padre deja el periódico. Annie oye el ruido de la silla al ser apartada de la mesa.

—*Bueno* —*dice su madre, a la vez que desenvuelve el popote*—, *vamos a practicar para poder enseñárselo la próxima vez, ¿está bien?*

Toca la suave mejilla de Annie, que al levantar la mano, feliz por la atención, vuelca el vaso. El jugo lo salpica todo. Annie rompe a llorar.

—¿Qué le has hecho? —grita Jerry en el pasillo.

—¡Nada!

—Pues no lo parece.

Su madre busca una servilleta de papel y limpia el jugo.

—No pasa nada, cariño —le susurra a Annie—. Ha sido un accidente.

Le da un beso en la mejilla. Se oye un portazo. Es la puerta de entrada. Baja la vista.

—Ha sido un accidente —repite—. Ya está todo limpio.

El viaje

LO NORMAL, CUANDO nos despertamos, es abrir los ojos y que todo vuelva a su lugar. El mundo de los sueños se disipa, dejando su sitio al mundo real.

Pero esto no era dormir, y lo siguiente que le pasó a Annie no se parecía a ninguno de sus anteriores despertares. Pese a no abrir los ojos en ningún momento, veía con bastante claridad.

Y se movía.

Tuvo la sensación de que sus pies dejaban de tocar el suelo, y de que empezaba a deslizarse a una velocidad tremenda, pero sin fricción, como en un ascensor de cristal catapultado al espacio. Atravesó todos los colores posibles: lavanda, limón, verde aguacate…

Viento no notaba, pero sí lo oía, como si se abalanzara sobre ella un vendaval y luego se alejara absorbido por un túnel, como una sucesión de inhalaciones y de exhalaciones, pero a gran escala. Lo raro era que no le preocupaba. De hecho, no experimentaba ningún tipo de inquietud. Se sentía casi etérea y tan ajena al dolor como una niña.

Bruscamente la atravesó algo tan desconocido que no habría tenido palabras para describirlo. Ninguna parte de su cuerpo encajaba con las demás, como si se le hubieran alargado los brazos y las piernas y tuviera la cabeza sobre un nuevo cuello, mientras pasaban por su mente imágenes que nunca habían estado en ella: el interior de una casa, caras en un aula y estampas fugaces de la Italia rural.

Tardó muy poco en reintegrarse a su conciencia. Pasaron más colores a gran velocidad: turquesa, amarillo, salmón, granate... Intentó volver sobre una idea, algo acerca de Paulo —«¿Está herido Paulo? ¿Me necesita?»—, pero era como si nadara a contracorriente de sus recuerdos. Un globo. Un incendio. Un choque. Un hospital.

—Da buena suerte.

«¿Está vivo Paulo?»

—Acabamos de casarnos.

«¿Lo he salvado?»

—Dentro de un segundo nos vemos...

«¿Dónde estoy?»

ANNIE SE EQUIVOCA

Tiene cuatro años. Está sentada a la mesa del comedor. Sus padres se pelean. Ella usa el tenedor para jugar.

—No lo puedo creer —dice su madre.

—Son cosas que pasan —dice su padre.

—¿Puedo comerme una paleta helada? —pregunta ella.

—Vete a jugar, Annie —dice su madre entre dientes.

—Vete a jugar —repite su padre.

—Pero ¿me puedo comer una paleta?

—¡Annie!

Su madre se restriega la frente.

—¿Y ahora qué hacemos?

—No tenemos que hacer nada.

—¿Como la última vez? ¿Como las otras?

—¿Papá...?

—¡Annie, por Dios! —le grita su padre—. ¡Cállate!

Annie se queda muy seria. Su madre se levanta de la mesa y se aleja por el pasillo.

—¡Eso, eso, muy bien, vete corriendo! —dice el padre de Annie, siguiéndola—. ¿Qué quieres de mí? ¿Eh?

—¡Que te acuerdes de que estás casado! —grita su madre.

Annie, que se ha quedado sola, baja de la silla y se acerca de puntitas al refrigerador. Tira de la puerta, que se abre con un ruido de succión.

Sale un aire frío, pero la caja de las paletas heladas está justo delante. Quiere una. Sabe que se lo tienen prohibido. Ve dos malteadas de chocolate Hershey en la estantería de abajo. A sus padres les gustan. Toma una para llevársela. Quizás así paren de pelearse. Quizás así le den permiso para comerse una paleta.

Se aparta para ver cómo se cierra la puerta del refrigerador… y bruscamente la levantan dos grandes manos.

—¡Niña estúpida! —le grita su padre, mientras la malteada se cae al suelo—. ¡Te he dicho que no!

Annie siente una bofetada en la cara y se le cierran los ojos. El mundo se ha puesto negro. Otra bofetada. Brotan lágrimas. Otra. Solloza tan fuerte que le duelen los oídos.

—¡Para, Jerry! —vocifera su madre.

—¡Si digo que no es que no!

—¡Para!

Otra bofetada. Annie empieza a marearse.

—¡Jerry…!

Su padre la suelta. Annie se derrumba. Mientras gritan sus padres, ella llora en el suelo. Oye pasos que se acercan deprisa. Luego ve a su madre encima de ella, obstruyendo la luz.

Por la mañana, su padre se marcha de casa. Al irse da un portazo. Annie sabe por qué se va. Porque ella quería una paleta. Por eso se está yendo.

La llegada

AZUL. TODO ERA azul. Un solo tono que envolvía a Annie como si la hubiesen mezclado con una mano de pintura. Se sentía extremadamente ligera y extrañamente curiosa.

«¿Dónde estoy?»

«¿Qué ha pasado?»

«¿Dónde está Paulo?»

No veía ni una sola parte de su cuerpo. El azul era como una manta que la tapaba por completo, a excepción de los ojos. De repente apareció frente a ella un gran asiento que flotaba a la altura aproximada de su pecho, con un cojín de piel marrón y un barandal plateado encima. Parecía de un avión o de un autobús.

Quiso tocarlo, sin pensar, y se sobresaltó al ver frente a ella su mano derecha, que flotaba aisladamente. Sin muñeca. Sin antebrazo. Sin codo. Sin hombro. Se dio cuenta de que el azul no le tapaba el cuerpo, sino que no tenía cuerpo. Nada de torso, ni de abdomen. Nada de estómago, ni de muslos, ni de pies.

«¿Qué pasa?»

«¿Dónde está el resto de mí?»

«¿Qué hago en este sitio?»

Luego el azul que la envolvía desapareció, como cuando se enjuagan los restos de jabón de un vaso. Ahora a su izquierda había montañas nevadas y a su derecha rascacielos. Todo pasaba muy deprisa, como si estuviera al mismo tiempo quieta y en movimiento. Al mirar hacia abajo vio pasar unos rieles y oyó un ruido inconfundible.

El silbido de un tren.

Soltó el asiento, que se desvaneció. Apareció otro algo más adelante. Se aferró a él, pero también se disipó. La aparición de otro la guio hacia delante. Finalmente llegó a la puerta de un compartimento, con un asa de bronce tallado. La empujó hacia abajo.

De pronto ya no estaba fuera, sino dentro. A su alrededor se perfiló una locomotora, como dibujada por el lápiz de un artista. El techo era bajo, el suelo de metal con remaches, y todo estaba lleno de paneles, indicadores y palancas. Parecía un tren de los años cincuenta.

«¿Qué tipo de sueño es éste?»

«¿Por qué me noto tan ligera?»

«¿Dónde está todo el mundo?»

Algo le llamó la atención. Arriba. En el asiento del conductor. Apareció fugazmente una cabecita.

—¡Sí! —era una voz de niño, que gritaba—. ¡Sí!

Quizás en un sueño normal Annie hubiera salido corriendo, con ese miedo a los desconocidos que a menudo tenemos en los sueños, pero en el más allá no hace mella el peligro, así que siguió deslizándose hacia delante hasta quedar a la altura del asiento del conductor. Miró hacia abajo y se encontró con algo totalmente inesperado.

Al otro lado del tablero había un niño pequeño con la piel de color caramelo, el pelo negro azabache, una camiseta de manga corta a rayas y una funda de pistola de juguete.

—¿Voy demasiado deprisa? —preguntó.

ANNIE SE EQUIVOCA

Tiene seis años y está volviendo del colegio. La acompañan tres niños mayores que ella, como siempre: Warren Helms, de once años; su hermana Devon, de nueve; y su otra hermana, Lisa, de ocho recién cumplidos.

—*Se llama Sagrada Comunión —dice Lisa.*

—*¿Y qué haces? —pregunta Annie.*

—*Vas a la iglesia, dices que lo sientes y te comes una galleta.*

—*Una oblea —dice Warren.*

—*Y luego te hacen regalos.*

—*Muchos —dice Devon.*

—*¿De verdad? —pregunta Annie.*

—*A mí me regalaron una bici —dice Warren.*

Annie tiene celos. A ella le gustan los regalos. Últimamente sólo se los hacen en Navidad y por su cumpleaños. Su madre dice que desde que se fue su padre tienen que «apretarse el cinturón».

—*¿Yo puedo hacer la cominión?*

—*La comunión, tonta.*

—*Hay que ser católico. ¿Tú eres católica?*

Annie se encoge de hombros.

—No lo sé.

—Si fueras católica lo sabrías —dice Warren.

—¿Cómo?

—Sabiéndolo.

Annie da unos golpecitos en la acera con el zapato. Siente los límites de ser demasiado pequeña. Con los niños Helms, que todos los días la acompañan a casa, tiene a menudo la misma sensación. A la mayoría de sus compañeros de clase van sus madres a recogerlos, pero como la suya tiene que trabajar, Annie espera en casa de los vecinos a que vuelva.

—Casa de la bruja a la vista —dice Warren.

Todos miran una casa pequeña y marrón, de una sola planta, con los desagües medio sueltos y el porche descuidado. Se le está descarapelando la pintura y pudriendo la madera. Se rumora que es la casa de una bruja y que hace años entró un niño y no volvió a salir.

—Al que llame a la puerta le doy cinco dólares —dice Warren.

—Yo no —dice Devon.

—Yo no los necesito —dice Lisa—. El domingo me harán regalos.

—Pues para ti, Annie.

Warren se saca del bolsillo un billete de cinco dólares.

—Podrías comprarte muchas cosas.

Annie se para y se pone a pensar en los regalos. Luego mira la puerta fijamente.

—Lo más seguro es que no esté en casa —dice Warren, agitando el billete—. Ciiiinco dólares.

—¿Con eso cuántos regalos me darían? —pregunta Annie.

—Muchos —dice Devon.

Annie se estira el pelo rizado, mirando el suelo como si deliberara. Luego se suelta de la mano y va hacia el porche. Se gira hacia los demás. Warren hace el gesto de llamar.

Annie se llena los pulmones. Le late muy deprisa el corazón. Vuelve a pensar en los regalos. Levanta el puño hacia la mosquitera.

Se abre antes de poder tocarla y aparece una mujer de pelo blanco, en bata, que se le queda mirando.

—*¿Qué quieres?* —*pregunta con voz ronca.*

Annie no se puede mover. Sacude la cabeza como diciendo que nada, que no quiere nada. La mujer mira a los niños, que se han ido corriendo.

—*¿Te lo han pedido ellos?*

Annie asiente.

—*¿Qué pasa, niña? ¿No sabes hablar?*

Traga saliva.

—*Quería regalos.*

La vieja frunce el ceño.

—*No está bien molestar a la gente.*

Annie no puede apartar la vista de su cara, de su nariz larga y torcida, de sus labios finos y agrietados y de sus ojeras moradas.

—*¿De verdad que es una bruja?* —*pregunta.*

La mujer aguza la mirada.

—*No* —*contesta*—. *¿Y tú?*

Annie sacude la cabeza.

—*Sólo estoy enferma* —*dice la mujer*—. *Anda, vete.*

Cierra la puerta. Annie deja de aguantar la respiración, se gira y corre a reunirse con los otros. Cuando los alcanza, les repite lo que ha dicho la mujer.

—No hay trato —dice Warren—. No es una bruja de verdad.

Annie baja los hombros.

No le dan el dinero.

La primera persona que Annie encuentra en el cielo

—¿Corro demasiado?

Annie se quedó mirando al niño de la camiseta a rayas.

«¿Dónde estoy?»

—No te oigo.

«¿Dónde estoy...?»

—¡Que no te oigooo!

«He dicho que...»

El niño sonrió de oreja a oreja.

—No te oigo porque no hablas, tonta.

Tenía razón. Annie no tenía boca. Las palabras que oía estaban dentro de su cabeza.

—Al principio los que llegan nunca pueden hablar —dijo el niño—. Así escuchan mejor. Al menos es lo que me han dicho.

«¿Quiénes?»

—Los primeros que encontré.

«¿Y tú sí me oyes?»

—Sí, lo que piensas.

«¿Quién eres?»

—Sameer.

«¿Por qué estás aquí?»

—Pues porque tengo que estar.

«¿Dónde estoy?»

—¿Aún no lo sabes?

El niño señaló la ventanilla y los colores cambiantes del cielo.

—En el cielo.

«¿Me he muerto?»

—Caray, pero qué lenta eres.

Los pensamientos de Annie se dispersaban como gotas de lluvia en un cristal. ¿Se había muerto? ¿El cielo? ¿El accidente de globo? ¿Paulo?

«¿Y mi cuerpo? ¿Por qué estoy así?»

—No lo sé —dijo el niño—. ¿En la Tierra te estaba desmontando alguien?

Annie se acordó del trasplante.

«En cierto modo, sí.»

—Pues igual es por eso. Eh, mira.

Golpeó un botón plano, haciendo que sonara con estrépito el silbato del tren.

—Me encanta hacerlo —dijo.

«Por favor, que no tengo que estar aquí. No debería haberme…»

—¿Qué?

«Ya me entiendes.»

—¿Muerto?

«Sí.»

—¿Por qué no? Yo me morí.

«Sí, pero no era mi hora. No soy vieja, ni estoy enferma. Sólo soy…»

Annie rememoró su noche de bodas: la parada de auxilio al conductor que había llevado al accidente de globo, y éste al trasplante, y éste a lo de ahora.

«Una persona que se equivoca.»

—Vamos —dijo el niño, y puso los ojos en blanco—. Aquí hay alguien con problemas de autoestima.

JUSTO DESPUÉS DE esas palabras empujó el volante y el tren aceleró de golpe, ganando altura y emprendiendo subidas, bajadas y giros tan bruscos como los de un coche de carreras.

—¡Yujuu! —gritó el niño.

Annie vio que tenían delante un mar morado. Cuando estuvieron más cerca de la costa, vio unas olas enormes, con mucha espuma blanca.

«Espera…»

—Tranquila, que lo he hecho un montón de veces.

El niño hizo que el tren bajara casi en picada. Annie se preparó para el impacto, pero lo único que hubo fue una inmersión silenciosa y un color entre mora y frambuesa al otro lado de las ventanillas.

—¿Lo ves?

«¿Adónde vamos?»

—Más que adónde, cuándo.

El niño estiró el volante. Salieron de las profundidades a lo que parecía un nuevo mundo, de aspecto más terrenal. El tren redujo su velocidad y se metió por una vía al borde de un pueblo con casas viejas y pulcras, revestidas de aluminio blanco.

—Prepárate.

Dio un puñetazo al cristal delantero, que se deshizo en un millón de esquirlas. Luego estiró de golpe las palancas de freno, el tren chirrió y el niño y Annie salieron volando por el hueco.

—¡Yujuuu! —gritó él mientras volaban—. Increíble, ¿no?

De repente estaban al lado de la vía, de pie, sin haber aterrizado ni chocado.

—Bueno, a mí me ha parecido increíble —masculló el niño.

AHORA TODO ESTABA en calma. El tren había desaparecido. Todas las hojas de los árboles estaban por el suelo. El paisaje tenía una pátina sepia, como de película antigua.

«Por favor —pensó Annie—. No entiendo nada.»

—¿Qué?

«Nada. Por qué estoy aquí. Por qué estás tú.»

—Yo estoy aquí —contestó el niño— porque cuando llegas al cielo encuentras a cinco personas de cuando vivías en la Tierra. Todas han formado parte de tu vida por alguna razón.

«¿Qué tipo de razón?»

—Es lo que vas averiguando. Te enseñan algo de lo que no te habías dado cuenta cuando estabas vivo y que te ayuda a entender las cosas que has vivido.

«Un momento. ¿Mi primera persona eres tú?»

—No lo digas con tanto entusiasmo.

«Perdona, pero es que… no te conozco.»

—No estés tan segura.

El niño levantó la mano y la deslizó ante los ojos de Annie, que recuperó su cara de golpe y se palpó las mejillas.

«¿Qué has…?»

—Tranquila, que no tengo piojos. Ahora fíjate, que es importante.

El niño señaló los rieles. Annie lo veía todo con enorme nitidez. Vio llegar desde lejos un segundo tren, que desprendía humo por la chimenea. A su lado corría un niño de corta edad, que entre tropiezo y tropiezo intentaba no quedarse atrás, con los brazos tendidos hacia el tren. Annie se fijó en que le parecían conocidas sus facciones: pelo negro, piel caramelo, camiseta a rayas y funda de mezclilla.

«Un momento. ¿Eres tú?»

—Más pequeño y más tonto —contestó el niño.

«¿Qué haces?»

—Creía que podía volar. Pensé: «Me agarraré a este tren y me quedaré flotando como una cometa». —Se encogió de hombros—. Sólo tenía siete años.

El niño que corría hizo otro intento fallido de subirse al tren. Pronto pasaría el último vagón. Con la mandíbula apretada, movió mucho los brazos y trató por última vez de saltar. Esta vez sus dedos se enroscaron en el barandal de la plataforma trasera.

Pero sólo un momento.

La velocidad del tren le arrancó el brazo. El niño se quedó en medio del polvo, gritando anodadado mientras la manga de su camiseta se empapaba de sangre. El brazo arrancado se cayó del barandal y rodó por la grava, manchándola de rojo.

El niño miró a Annie.

—Qué daño —dijo.

DOMINGO, 10:30 HORAS

EL HOMBRE APELLIDADO Tolbert firmó un recibo. La mujer de detrás del mostrador deslizó una copia hacia él.

—Listos —dijo.

Tolbert esperó a que le trajeran el coche de su mujer. Antes, en casa, la había despertado suavemente.

—Vuelvo dentro de un rato —le había susurrado.

—¿Mmm…?

—Llevabas un neumático desinflado.

—¿Ah, sí?

—Tengo que comprar uno nuevo.

—Bien… —Su mujer le dio la espalda—. Ten cuidado.

Mientras miraba las paredes del taller mecánico, Tolbert pensó en los recién casados que se habían parado a ayudarle la noche anterior. Según el novio, que había cambiado el neumático con esmoquin, era idea de su mujer. Simpático, el hombre. Divertido. El incidente había hecho que Tolbert viera con buenos ojos a la gente, cosa que no siempre le pasaba.

Un mecánico le trajo el coche.

—Como nuevo. El de repuesto está en la cajuela.

—Gracias —dijo Tolbert.

Una vez al volante, sacó su celular y pulsó el número predeterminado de Teddy, su ayudante.

Se escuchó el buzón de voz.

Volvió a marcar.

Igual.

Llamó a la oficina.

Otra vez el buzón de voz.

—Buf —masculló—. Maldito chico.

Después de mirar por el retrovisor, cambió de sentido y, en vez de ir a su casa, puso rumbo al prado de donde despegaban los globos. Ya se le había pasado la benevolencia.

La primera lección

ANNIE CONTEMPLÓ AL niño herido que sangraba abundantemente en medio de la grava, con sólo un brazo.

«¿Por qué me lo enseñas? Es horrible.»

—Sí —dijo Sameer—. Nunca había llorado así. Parecía un lobo.

«¿Te moriste?»

—Me habría muerto, pero…

Señaló algo. Annie vio asomarse a una mujer mayor, con gafas negras de ojo de gato, que volvió a meter la cabeza por la ventanilla.

El tren frenó.

Bajaron varias personas.

Corrieron hacia el niño.

La mujer también.

Recogió el brazo arrancado, se quitó el saco y lo envolvió, bien apretado.

—Vamos a pasar a la siguiente parte —dijo el niño—, que ésta da asco.

DE REPENTE ESTABAN en la sala de espera de un hospital, entre hombres que fumaban, mujeres que cosían y mesas bajas con revistas que la gente abría sin mediar palabra.

—Estamos en 1961 —dijo el niño—. La de allá es mi madre —señaló a una mujer con un abrigo rojo, que se apretaba los labios con las manos enlazadas—. Y el de allá mi padre —añadió, refiriéndose a un hombre de grandes patillas, traje marrón, pelo del mismo color negro que su hijo y un temblor nervioso en la pierna izquierda.

Annie vio a la mujer del tren. Estaba en un rincón, con los brazos cruzados, en blusa y sin saco.

Apareció un médico hacia el que se giraron todos. Exhaló y dijo algo. Luego sonrió efusivamente. La madre y el padre se abrazaron y se levantaron para aferrarse, agradecidos, a las manos del médico.

A partir de entonces fue como si todo se acelerara, como cuando se pasa deprisa una película. Había hombres con cámaras y fogonazos de *flashes* y la madre y el padre al lado del niño, en una cama.

—Hice historia.

«¿Historia?»

—La primera vez que se cosía con éxito una extremidad totalmente cortada —el niño sonrió—. No está mal para ser tonto, ¿eh?

Annie vio pasar las escenas: el niño poniéndose la chamarra, posando con una pelota de futbol y saliendo del hospital, siempre en presencia de fotógrafos y reporteros.

«¿Por qué lo estoy viendo?»

—Porque a ti te pasó lo mismo.

«¿Cómo lo sabes?»

—¿Qué?

«Lo que me pasó.»

—Muy fácil —tomó la única mano de Annie—. Porque estaba.

A CONTINUACIÓN ARRASTRÓ a Annie por un pasillo de hospital. El techo subía y las ventanas se extendían como celofán.

—La técnica que usaron mis médicos se convirtió en el nuevo protocolo —explicó—. Gracias a mi ignorancia al perseguir un tren, se curaron muchos futuros pacientes.

Annie se fijó en que su vocabulario había mejorado. Le miró el puente de la nariz, estrecho, y el flequillo despeinado que caía por su frente.

«¿Por qué suenas tan…?»

¿Tan qué?

«¿Mayor?»

El niño sonrió.

—Me has descubierto.

De pronto retumbó el pasillo, y Annie y el niño empezaron a saltar como si los zarandeasen en el interior de un tubo. El niño de la camiseta a rayas estaba cambiando. Cuando volvieron al suelo, se había convertido en un hombre de mediana edad, con el pelo negro peinado hacia atrás, los hombros anchos y un abdomen bastante pronunciado que se dibujaba por debajo de una bata blanca de médico.

«¿Qué acaba de pasar?»

—¿Te acuerdas de ese pasaje de la Biblia? «Cuando yo era niño, hablaba como niño, pero al hacerme hombre, bla, bla, bla…»

«¿Eres médico?»

—Bueno, lo era. Un ataque al corazón. Hipertensión. No pienses que los médicos se cuidan mejor que los pacientes.

Se estiró la bata y señaló una identificación.

—«Sameer», como te he dicho antes, o doctor Sameer, si lo prefieres. Es que aquí arriba parecen tan tontos los títulos… Por cierto, perdona que antes te haya llamado tonta. Es que he elegido recibirte con mi yo de niño. Y era un niño bastante pedante.

Annie se había quedado atónita. Estaban pasando tantas cosas que le costaba asimilarlas. Se dio cuenta de que no era el mismo hospital de antes. Había más luz en los pasillos y obras de arte más recientes en las paredes.

«¿Dónde estamos?»

—¿No te acuerdas?

«¿Cómo quieres que me acuerde? ¿No era tuyo el recuerdo?»

—Los recuerdos se entrecruzan.

Tras deslizarse por un pasillo, entraron en una habitación individual. Sameer se acercó a la paciente de la cama, una niña pequeña con el pelo rizado de color caramelo, y el brazo izquierdo vendado desde el codo hasta los dedos.

—¿Cómo te encuentras, Annie? —preguntó.

Cuando la boca de la niña se movió, Annie notó que era ella la que contestaba.

—Asustada.

ANNIE SE EQUIVOCA

TIENE OCHO AÑOS y está yendo en tren al Ruby Pier. Lleva los pantalones cortados por encima de las rodillas y una camiseta verde lima con un pato de dibujos animados. Al lado está su madre, con Bob, su último novio.

El bigote de Bob es tan poblado que le cubre todo el labio superior. Tony, el novio anterior, siempre llevaba gafas de sol. Dwayne, el de antes de Tony, tenía un tatuaje en la muñeca. La verdad es que con Annie nunca hablan, los novios. Sólo si ella les pregunta algo.

En el tren, Bob toma la mano de la madre de Annie y se la toca, pero ella se suelta, señalando con la cabeza a su hija. Annie se pregunta si significa que a su madre no le gusta Bob.

Cruzan la entrada del Ruby Pier, pasando por debajo de unas torres, unos minaretes y un arco gigante. Annie se queda mirando la imagen de una mujer con un vestido de cuello alto y una sombrilla: es la mismísima Ruby, que da la bienvenida al público a su parque. Cuando se fue su padre, Annie y su madre iban a menudo solas. Se subían a los caballos del carrusel, bebían sodas y comían salchichas con masa de maíz. Era divertido. Últimamente también vienen los novios. A Annie le gustaría que las cosas volvieran a ser como antes.

Su madre compra veinte boletos y le advierte que no se acerque a los juegos para los mayores, como las montañas rusas o la Caída Libre. Annie asiente con la cabeza. Ya se lo sabe de memoria. Tiene localizados la cafetería y los carritos chocones. Sabe que su madre se irá con Bob y no volverá hasta las cuatro, cuando le preguntará: «¿Te has divertido, Annie?», aunque en el fondo le dé igual que se haya divertido.

A mediodía hace mucho sol y Annie se sienta debajo de la sombrilla de una mesa. Se aburre. Aparece el viejo que arregla los juegos, el del uniforme con una etiqueta donde dice «Eddie» y «Mantenimiento», y se sienta al otro lado del camino, mirando a todas partes, como si estuviera examinando los juegos.

Annie se acerca con la esperanza de que lleve limpiapipas en el bolsillo.

—Perdone... ¿Eddie Mantenimiento?

Él suspira.

—Sólo Eddie.

—¿Eddie?

—¿Mmm...?

—¿Puede hacerme...?

Annie junta las manos como si rezara.

—Vamos, niña. No tengo todo el día.

Le pide un animal, y él empieza a juntar y enroscar limpiapipas. Al final le entrega una figura en forma de conejo. Annie la toma, muy contenta, y vuelve corriendo a la mesa de la sombrilla.

Juega un momento con el conejo, pero no tarda mucho en volver a aburrirse. Sólo son las dos. Va a la avenida principal y prueba un juego que consiste en tirar aros de madera a botellas de cristal. Le cuesta un boleto, pero te dan un premio lo hagas como lo hagas.

A las tres fallas le dan un paquetito de plástico. Dentro hay un avión hecho con madera de balsa. Annie encaja las dos piezas y lo lanza con fuerza hacia arriba. El avión da una vuelta. Annie vuelve a tirarlo.

En el último lanzamiento el avión planea sobre el público y se posa detrás de un barandal, el que impide el acceso a la Caída Libre. Annie mira a ambos lados. Los adultos la dominan con su altura.

Cruza por debajo del barandal.

Recoge el avión.

Justo entonces se oye chillar a una mujer.

Todo el mundo señala hacia arriba.

DE REPENTE TODO encajaba: quién era Sameer y por qué estaban en ese hospital. El espíritu de Annie estaba en su cuerpo de niña, tendido en la cama de hospital, mirando con sus ojos infantiles. Movió los pies, enfundados en calcetines amarillos de hospital.

—Fuiste mi médico —susurró.

—Estás recuperando la voz —dijo Sameer.

Annie tosió en un intento de dar más consistencia a sus palabras.

—Suena a voz de niña.

—En el cielo hay que ir abriéndose camino.

—¿Por qué lo revivo?

—Porque todo está relacionado. Al crecer me di cuenta de la suerte que había tenido y me volví más serio. Estudié, fui a la universidad y luego obtuve el título de medicina y me especialicé en reimplantación.

Annie puso cara de extrañeza.

—¿Reimplantación?

—Es una palabra culta que significa juntar otra vez partes del cuerpo.

—¿O sea, que me salvaste la mano?

—Con otros tres médicos. Disponíamos de pocas horas. Después ya habría sido demasiado tarde.

Annie se quedó mirando su joven y vendada extremidad.

—No me acuerdo del accidente —dijo—. Lo borré.

—Es comprensible.

—Lo siento muchísimo, pero de ti tampoco me acuerdo.

Sameer se encogió de hombros.

—Hay muchos niños que no se acuerdan de sus médicos. Empezando por los del parto.

ANNIE EXAMINÓ EL rostro maduro que tenía delante, con las mejillas caídas por la edad y hebras grises en las sienes. En sus ojos oscuros vio la sombra del niño impulsivo.

—Si es verdad que esto es el cielo, ¿por qué me recibes tú? —preguntó—. ¿No debería ver a Dios? ¿O a Jesús? ¿O al menos a alguien de quien me acuerde?

—Eso va llegando con el tiempo —dijo Sameer—, pero las primeras cinco personas que encuentras están elegidas por algún motivo. En la Tierra tuvieron alguna influencia sobre ti. Puede ser que se conocieran y puede ser que no.

—¿Cómo van a haber tenido influencia sobre mí si no las conocía?

—Ah —dio unas palmadas suaves—. Ahora viene la parte de la clase.

Rodeó la cama y miró por la ventana.

—Dime una cosa, Annie: ¿el mundo empezó cuando naciste tú?

—No, claro.

—Exacto. Ni tú ni yo. Sin embargo, los seres humanos damos mucha importancia a «nuestro» tiempo en la Tierra. Lo medimos, lo comparamos y lo grabamos en nuestras lápidas.

»Nos olvidamos de que "nuestro" tiempo está vinculado al de los demás. Venimos todos de lo uno y a lo uno volvemos. Es el sentido que tiene un universo conectado.

Annie miró la sábana blanca, la manta azul y el grueso vendaje de la mano apoyada en su vientre infantil. Precisamente entonces había dejado de tener sentido su vida.

—¿Sabías —continuó Sameer— que hace siglos usaban yeso y cintas para volver a juntar la nariz? Más tarde usaron vino y orina para conservar los dedos cortados. Antes de intentar reimplantar orejas en seres humanos, se hizo en conejos. Y no mucho antes de que naciera yo, los médicos chinos que intentaban hacer reimplantes todavía usaban agujas que se tardaban dos días en afilar.

»La gente se queja de que si sus seres queridos hubieran nacido cincuenta años después quizás hubieran sobrevivido a la causa de su muerte, pero es posible que la cura se encontrara justamente gracias a esa causa.

»Perseguir aquel tren es lo peor que he hecho nunca, lo peor que me he hecho a mí mismo, pero mis médicos usaron sus conocimientos para salvarme y yo di un paso más al aplicar contigo lo que ellos hicieron. Con tu mano probamos una técnica que nunca habíamos usado y que mejoraba la circulación en las arterias. Funcionó.

Se acercó para tocar los dedos de Annie, que se sintió salir de su cuerpo de niña y regresar a la forma de antes, prácticamente invisible.

—Grábate esto en la memoria, Annie: cuando construimos, lo hacemos a hombros de los que nos precedieron.

Y cuando nos venimos abajo, los que nos precedieron nos ayudan a recomponernos.

Sameer se quitó la bata blanca y se desabrochó la camisa hasta poder bajarse la manga derecha. Annie vio las cicatrices irregulares de hacía décadas, reducidas a un blanco lechoso.

—Al margen de que me conozcas o no, formamos parte el uno del otro, Annie.

Volvió a ponerse la camisa.

—Fin de la clase.

Annie sintió un hormigueo. Acababa de reaparecer su mano izquierda. Por primera vez desde que estaba en el cielo, le dolía algo.

—No te dolerá mucho tiempo —dijo Sameer—. Sólo es un recordatorio.

—¿De cuando la perdí? —preguntó ella.

—De cuando te la devolvieron —contestó él.

DE PRONTO ESTABAN otra vez en el lugar donde Annie había llegado al más allá, entre las cumbres nevadas y los grandes rascacielos. Vio desenroscarse una rueda gigantesca de rieles de tren y un tren que se acercaba a ellos.

—No me había imaginado el cielo así —dijo.

—Bueno —dijo Sameer—, el escenario eterno te dejan elegirlo. En la Tierra me obsesionaban los trenes. No volví a subirme a ninguno. En cambio aquí no hay nada que temer, así que opté por dar la vuelta a mi existencia humana, ahora conduzco este tren adonde quiero.

Annie se le quedó mirando con perplejidad.

—¿Lo entiendes? —dijo él—. Éste no es tu cielo. Es el mío.

Llegó el tren y se abrieron las puertas corredizas.

—Es hora de irse.

—¿Adónde vamos?

—No, Annie, «vamos» no. Para mí esta fase del cielo ha terminado, pero tú tienes que aprender más cosas.

Dio unos golpes por fuera y apoyó un pie en el escalón.

—Buena suerte.

—¡Espera! —dijo Annie—. Mi muerte… Estaba intentando salvar a mi marido. Se llama Paulo. ¿Ha sobrevivido? Dímelo, por favor. Dime si lo he salvado.

El motor se puso en marcha.

—No puedo —dijo Sameer.

Annie miró hacia abajo.

—Pero vendrán otros.

—¿Qué otros? —preguntó.

El tren se fue antes de que Sameer pudiera contestar. El cielo se tiñó de marrón y luego todo lo que rodeaba a Annie fue absorbido en el aire y dispersado nuevamente en una tormenta de arena gruesa.

La rodeaba un gran desierto marrón.

Y estaba sola.

ANNIE SE EQUIVOCA

AÚN LLEVA LA mano vendada por el accidente de hace tres semanas y el brazo en cabestrillo para mantenerlo en alto. Está sentada en su cama. No hay gran cosa más que hacer. Le tienen prohibido salir y, por alguna razón, su madre ha desenchufado la tele y ha cortado el cable con tijeras.

Se acerca a la ventana y ve a Lorraine en el jardín, fumando. Sostiene unos papeles encima de las piernas, pero lo que mira son los tendederos de las otras casas. Annie se ha dado cuenta de que a veces a su madre le cuesta mirarla. Quizá los padres quieran que sus hijos sean perfectos. Se mira la mano izquierda, hinchada y grotesca. Ella ya no es perfecta.

Oye algo en el piso de abajo: golpes en la puerta. Qué raro… Normalmente la gente llama al timbre. Al bajar por la escalera vuelve a oír los mismos golpes, suaves, vacilantes. Gira el picaporte.

Hay una mujer en el porche. Lleva un blazer muy rojo, lápiz de labios y una capa de grueso maquillaje que reduce los tonos de su piel a uno solo.

—¡Vaya! —dice—. Tú eres Annie, ¿no?

Annie asiente.

—*¿Cómo estás, cariño?*

—*Bien —masculla.*

—*Nos tenías preocupados.*

—*¿Por qué?*

La mujer mueve las manos por detrás de la espalda sin dejar de sonreír, como si empujara el aire hacia delante.

—*¿Te das cuenta de lo afortunada que eres? —pregunta.*

—*A mí no me lo parece —dice Annie.*

—*¿No? Bueno... Es comprensible. ¿Aún te duele el brazo? Una cosa: va a venir un amigo. ¿Puedes contarle lo que te pasó y de paso a mí también?*

Annie está perpleja. Ve a un hombre que se acerca deprisa con una gran cámara en los hombros. Detrás hay otros que corren.

—*Empieza por lo que recuerdes —le pide la mujer—. Fuiste al Ruby Pier y...*

Annie da un paso hacia atrás. El porche se ha llenado de gente con cámaras y micrófonos que le ponen delante de la cara. De repente nota un tirón en la camisa. Su madre la aparta y se coloca delante de ella. Le huele la ropa a humo de cigarrillo.

—*¡Déjennos en paz! —grita—. ¡Llamaré a la policía! ¡Se los juro!*

Da un portazo y mira a Annie con cara de rabia.

—*¿Qué te había dicho? ¡Que NO abrieras la puerta! ¡Nunca! ¡Son unos buitres! ¡Ni se te ocurra volver a hacerlo! ¿Me has entendido?*

Annie empieza a llorar.

—*Lo siento... Lo siento...*

A su madre se le empañan los ojos. Annie corre a su cuarto y cierra de un portazo. Ahora es así: cada día alguna de las dos llora. Annie lo odia. Odia su mano. Odia sus vendas. Odia la actitud de la gente con ella. Odia todo lo que pasó en el Ruby Pier, aunque ni siquiera se acuerde.

Por la mañana, su madre la despierta temprano.

—Levántate —dice con el abrigo puesto—, que nos vamos.

La siguiente eternidad

ANNIE VIO QUE el cielo se ponía más oscuro, tiñéndose de un gris metálico y de color café. Sentía pinchazos en la mano izquierda. Ya no se encontraba tan ligera como en el momento de llegar. Más que una niña, tenía la sensación de ser una estudiante, llena de curiosidad y de inseguridad, como si su crecimiento no se hubiera detenido con la muerte.

Desde el desierto avistó un montoncito en la distancia, lo único que destacaba en lo yermo del paisaje. Se impulsó con las dos manos por la arena.

Cuando estuvo cerca del montón, parpadeó por si su vista la engañaba, pero no: eran sus pies, sus piernas, sus brazos, su cuello y su torso, todo perfectamente apilado.

Su cuerpo a trozos.

«¿Qué está pasando?», pensó. Intentó acercarse más, pero de repente no podía. La arena se escurría entre sus dedos como algodón de azúcar. Miró a su alrededor. Empezaba a sentir una asfixiante soledad. En los primeros años después del accidente se había sentido muchas veces así, aislada, marginada y sin poder hacer muchas cosas, pero ¿qué sentido tenía sentirlo aquí? ¿No se suponía que en el cielo ya no se sufría?

Se quedó quieta. Al cabo de un rato, que se le hizo muy largo, oyó un sonido nítido en medio del silencio y la monotonía. Aumentó rápidamente de volumen, aunque tardó un poco en ser reconocible.

«No puede ser —pensó—. ¿Ladridos de perro?» En efecto. Después, los de otro perro. Y luego una cacofonía de aullidos y gruñidos.

Al girarse vio que la arena se movía y que a su izquierda y a su derecha se formaban pequeñas nubes de polvo. Poco después estaba rodeada por una horda de perros —de todas las razas y tamaños—, que ladraban nerviosos y arrojaban los trozos de su cuerpo por los aires.

Se tapó las orejas.

—¡Paren! —gritó.

Le salió una voz más grave que con Sameer, pero sin ningún efecto sobre los animales, que no paraban de remover la arena entre gruñidos y ladridos agudos.

Un labrador marrón agitaba uno de sus pies en la boca.

—¡No! —chilló ella, arrancándoselo—. ¡Es mío!

Vio su otro pie en la boca de un lebrel afgano, de pelaje largo y lacio, que pasaba corriendo.

—¡Dámelo! —gritó mientras se lo quitaba.

De repente los perros se juntaron, como si les hubieran hecho una señal, y se alejaron hacia el horizonte con el resto del cuerpo.

—¡No, esperen! —se oyó gritar Annie.

Los perros miraron hacia atrás, como si le pidieran que los acompañase. Annie oteó el desierto. No se veía nada más. Hubiera lo que hubiese más allá, seguro que le daría más respuestas. Se colocó delante los dos pies, separados del cuerpo, y apeló a su voluntad hasta que tuvo la sensación de estar de pie.

—Vamos —se dijo.

Echó a correr.

La segunda persona que Annie encuentra en el cielo

Sería difícil contar las representaciones del más allá que ha creado el ser humano a lo largo de los siglos, pero en pocas o ninguna aparece sola el alma del difunto. Aunque en la Tierra tengamos distintas maneras de aislarnos, en la dicha final siempre nos acompaña alguien: el Señor, Jesús, los santos, los ángeles, los seres queridos… Un más allá en soledad se nos antoja inconcebiblemente tétrico.

Quizá fuera la razón por la que Annie siguió a la manada de perros por el cielo, sin saber adónde la llevaba. Subió con ellos por una cuesta empinada y bajó por un valle, al otro lado de una cresta. El cielo experimentó otro cambio de color, esta vez del mostaza al ciruela, luego al verde bosque. Todos esos tonos, y todos los del firmamento desde que había llegado, reflejaban las emociones de su vida en la Tierra, repetidas como estaba repitiéndose su vida, aunque Annie no podía saberlo.

La persecución siguió hasta que se dispersaron los perros, abriéndose como los radios de una rueda. El suelo se había dividido en una cuadrícula de césped verde, en la que cada pequeña parcela tenía su correspondiente puerta. Algunas eran de madera y otras de metal; algunas estaban pintadas, otras sucias; las había modernas y antiguas, rectangulares y arqueadas. Los perros se sentaron obedientemente, uno en cada entrada, como si esperaran que saliera alguien.

—Annie —susurró una voz—. Por fin.

Al girarse, Annie vio a una mujer mayor y elegante. Aparentaba más de ochenta o de noventa años. Tenía un abundante pelo plateado, la nariz inclinada, la barbilla poco pronunciada y unos ojos grandes y tristes. Llevaba un abrigo de pieles hasta la rodilla y un collar de piedras de colores.

—¿Quién es usted? —preguntó Annie.

La mujer puso cara de decepción.

—¿No te acuerdas?

Annie examinó su cara, llena de arrugas y de pliegues al sonreír.

—¿Es…?

La mujer ladeó la cabeza.

—¿… mi segunda persona?

—Sí.

Annie suspiró.

—Perdone, pero tampoco sé quién es.

—Cuando nos conocimos la estabas pasando muy mal.

—¿Cuándo? ¿Qué hacíamos? Si ha formado parte de mi vida, ¿por qué no entiendo nada de lo que estoy viendo?

—Mmm.

La anciana empezó a dar vueltas, como si sopesara varias posibilidades. Luego se detuvo para señalar el horizonte azul. Se acercaba un coche.

—Vamos a dar un paseo.

ANNIE SE VIO transportada inmediatamente al asiento derecho. Estaba sola. No había conductor. El coche se deslizaba entre nubes de algodón y un sol deslumbrante. A su lado corría la anciana, mirando por la ventanilla.

—¿No quiere subir? —preguntó Annie con todas sus fuerzas.

—¡No, estoy bien! —contestó la mujer, también gritando.

Finalmente (aunque en el cielo Annie no podía medir el tiempo; parecía que pasara todo muy deprisa, pero al mismo tiempo se le hacía eterno), el coche se detuvo. Bajó. La anciana estaba a su lado, respirando con dificultad. Habían llegado a un edificio de una sola planta, con un estacionamiento sin asfaltar y un cartel en el que decía «Refugio de animales del condado de Petumah».

—De este edificio sí que me acuerdo —susurró Annie—. Es de donde nos llevamos a mi perra.

—Exacto —dijo la mujer.

—*Cleo*.

—Ajá.

—¿Usted vivía aquí?

—Entonces sí —la anciana se sentó—. ¿Qué otros recuerdos tienes?

ÉSTOS ERAN LOS recuerdos de Annie: tras haber vivido siempre en la misma casa y en la misma calle, su madre y ella se marcharon de un día para otro; subieron al coche y se fueron con sus pertenencias en maletas o grandes bolsas negras de basura y una cuerda elástica para que no se abriera la cajuela.

Estuvieron varios días de viaje, comiendo en gasolineras o restaurantes de comida rápida y durmiendo en el coche. Finalmente llegaron a un estado que se llamaba Arizona, donde vivieron una temporada en un motel de carretera, con alfombra verde claro y un candado en el teléfono.

Más tarde se instalaron en un remolque apoyado en grandes bloques, en un parque sin árboles que compartían con otros remolques. Dormían, comían, se bañaban y lavaban la ropa dentro del remolque. Su único contacto con el resto del mundo era ir al supermercado, a la biblioteca del pueblo (en busca de libros para Annie) y al hospital más próximo, donde le cambiaron los vendajes y le ajustaron la férula. Annie seguía sin poder usar la mano izquierda. A veces perdía la sensibilidad en las yemas de los dedos. Se preguntaba si tendría que hacer toda la vida lo mismo, llevar las cosas con una sola mano y usar el codo para mantenerlas abiertas.

Mientras tanto, el reglamento de la vida se había endurecido. Annie no tenía permiso para quedarse sola en el parque. Tampoco podía ir en calcetines (para no resbalar). Un monopatín se consideraba demasiado peligroso, al igual que subirse a los árboles y la mayoría de los columpios. Pasaba gran parte del tiempo a solas, leyendo los libros de la biblioteca, que encajaba en su debilitada mano izquierda para pasar las páginas con la derecha.

Una mañana, Lorraine se la llevó a un juzgado y tuvieron que firmar unos papeles.

—¿Para qué es? —le preguntó Annie.

—Para cambiarnos de nombre.

—¿Ya no me llamo Annie?

—De apellido.

—¿Por qué?

—No tiene importancia.

—¿Por qué?

—Ya te lo explicaré.

—¿Cuándo?

LA PREGUNTA QUEDÓ sin respuesta. A medida que pasaban los meses en el parque de los remolques, Annie se fue poniendo triste. En Arizona siempre hacía calor y los vecinos del parque eran viejos y aburridos. Lorraine no hablaba con nadie y le pidió a ella que hiciera lo mismo. De noche Annie la oía llorar en su cuarto y se enfadaba.

«La que se ha hecho daño soy yo», pensaba.

Fue el principio de un rencor silencioso que la hizo sentirse más sola, lo cual a su vez la fue amargando. Cuanto más lloraba Lorraine, menos se le ocurría a Annie qué decirle.

Durante un tiempo casi no se hablaron. Envalentonada por la rabia, Annie empezó a incumplir las reglas y a salir en ausencia de su madre. Había leído en un libro de la biblioteca que plantando hojas se podían hacer crecer flores, así que se escondió unas tijeras debajo de la camiseta y cortó varias hojas del jardín de unos vecinos. Luego los metió en pequeños agujeros y los regó con vasitos de cartón. Siguió regándolos durante semanas, atenta a cualquier señal de vida. Si oía llegar un coche, se metía otra vez en el remolque.

Sin embargo, una tarde fue demasiado lenta, y su madre, que llegaba del trabajo, la vio cerrar la puerta.

Al día siguiente estaba cerrada por fuera.

Las cosas siguieron en esta misma línea. Una noche, mientras cenaban en la minúscula cocina del remolque, en un silencio tal que Annie oía masticar a su madre, le hizo una pregunta.

—¿Iré alguna vez al colegio?

—De momento no.

—¿Por qué?

—Porque tengo que encontrar trabajo.

—Es que aquí no conozco a nadie.

—Ya lo sé.

—¿Cuándo nos iremos a casa?

—Nunca.

—¿Por qué? ¡No tengo amigos! ¡Quiero ir a casa!

La madre de Annie tragó lo que tenía en la boca y se levantó en silencio. Después de pasar agua por el plato entró en el dormitorio, que estaba ahí mismo, ni siquiera a un par de metros, y cerró la puerta.

Por la mañana despertó temprano a Annie y preparó huevos revueltos con trozos de queso, que le sirvió en el plato sin ningún comentario. Cuando Annie acabó de comer, Lorraine anunció algo.

—Nos vamos de excursión.

Lloviznaba. Annie estuvo todo el viaje con los brazos cruzados y una mueca de mal humor. Al final se metieron en un estacionamiento sin asfaltar, junto a un edificio de una sola planta y un cartel azul y blanco donde decía «Refugio de animales del condado de Petumah».

Fueron a la parte trasera. Al oír ladridos, Annie abrió mucho los ojos.

—¿Vamos a tener un perro? —preguntó.

Su madre dejó de caminar. Estaba como demudada. Se mordió el labio y parpadeó para no llorar.

—¿Qué te pasa, mamá? —preguntó Annie.

—Estás sonriendo —contestó su madre.

ESE DÍA, ANNIE pasó al lado de decenas de perros que habían rescatado o abandonado. Vio que saltaban y daban zarpazos en las puertas de las jaulas. La encargada del refugio le dijo que podía elegir el que quisiera, de modo que Annie los examinó con atención. Jugó con varios, dejándose lamer las mejillas y los dedos. Al final de una hilera vio una jaula con tres cachorros marrones y blancos. Dos de ellos corrieron a la puerta y se pusieron a ladrar, empinados en las patas traseras. El tercero se quedó al fondo. Llevaba un embudo de plástico en el cuello.

—¿Qué es eso? —preguntó Annie.

—Un collar isabelino —dijo la encargada—. Para que la perrita no muerda ni lama.

—¿No muerda ni lama qué? —preguntó Lorraine.

—Su herida. Cuando la encontramos tuvimos que operarla —la encargada sacudió las llaves—. Es una historia muy dura.

Lorraine tocó a Annie en el hombro.

—Ven, cariño, que aún faltan más.

Sin embargo, Annie tenía una fijación. Sentía algo por aquel animal, que estaba herido, como ella. Ladeó la cabeza tal como hacía la perrita, e hizo un ruido como de dar besos. La perra se acercó.

—¿Quieres jugar con ella? —preguntó la encargada.

La madre de Annie la miró con mala cara, pero la encargada abrió la puerta de la jaula.

—Ven, *Cleo* —dijo—, que quieren conocerte.

MIENTRAS ANNIE SE lo contaba a la anciana, delante de las dos apareció la imagen. La dueña del refugio tenía el pelo largo y canoso. Llevaba jeans azules, zapatos deportivos negros y una camisa de franela descolorida. Sonrió al entregarle la perra a Annie, con su collar.

—¿Es usted? —preguntó Annie.

—Sí —contestó la anciana.

Annie miró a su alrededor.

—¿Dónde está mi madre? Me trajo ella.

—Éste es tu cielo, Annie, y el punto en que coincide con el mío. No incluye a nadie más.

Al oírlo, Annie vaciló y se armó de valor.

—¿Le hice algo? A usted, quiero decir.

—La verdad es que sí.

—¿Estoy aquí para hacer las paces?

—¿Las paces?

—Por haberme equivocado, aunque no sé cómo.

—¿Por qué das por supuesto que te equivocaste?

Annie no dijo lo que pensaba: que había estado equivocándose toda la vida.

—Háblame de *Cleo* —le pidió la anciana.

LO CIERTO ES que durante casi un año, *Cleo*, mitad beagle, mitad Boston terrier, fue la principal compañía de Annie. Lorraine encontró un trabajo sólo de medio tiempo en una fábrica de componentes automovilísticos. Se iba antes de que se despertara Annie y no volvía hasta la tarde. A Annie le daba mucha rabia tener que llamarla cada mañana por teléfono para confirmarle que había desayunado. Pero lo que más rabia le daba era colgar y quedarse sola. Gracias a *Cleo*, por fin había otra presencia en el remolque, una presencia peluda, de treinta centímetros de alto, con las orejas marrones, caídas y una boca que se curvaba debajo del hocico como si estuviera sonriendo.

Al día siguiente de volver del refugio, Annie se sirvió un plato de cereales y le puso uno de galletitas a su nueva perra. Vio que *Cleo* intentaba comer con el incómodo collar. La herida de la operación, cerca del hombro, aún estaba roja. Annie tuvo curiosidad por saber cómo se lo había hecho. ¿Con algo afilado? ¿Por el ataque de otro perro?

Cleo se quejaba de que el collar le impedía llegar a la comida. En principio Annie no podía quitárselo; su madre se lo había dicho seis veces, pero la perra la miró como si suplicara ayuda y Annie tuvo tanto remordimiento que, al final, se inclinó y abrió el broche con su mano buena. *Cleo* se lanzó hacia el plato.

Cuando ya no quedaban galletitas, Annie se dio unas palmadas en los muslos y *Cleo* acudió a subirse rauda en su regazo y le olisqueó los dedos sujetos por la férula. Aunque Annie la redirigiese, la perra siempre volvía a la herida, que insistía en lamer y acariciar con el hocico.

—¿Quieres que te la enseñe? —preguntó Annie.

Sacó el brazo de su cabestrillo. *Cleo* lamió la piel alrededor de la muñeca y gimió. Annie sintió algo en su interior, como si la perra entendiera más de lo normal en una perra.

—Todavía me duele —dijo en voz baja—. Y ni siquiera sé qué hice.

Se dio cuenta de que estaba llorando. Quizá fuera por haberlo dicho en voz alta: «Ni siquiera sé qué hice». Cuanto más lloraba, más gemía la perra al unísono, levantando el hocico para lamer sus lágrimas.

—¿Sabías —dijo la anciana, detrás de la Annie adulta— que los perros se acercan antes a una persona que llora que a una que sonríe? Cuando a su alrededor la gente se entristece, los perros también se ponen tristes. Están hechos así. Se llama empatía.

»Los seres humanos también la tienen, pero se la bloquean otras cosas: el ego, la autocompasión, pensar que tiene prioridad nuestro propio dolor… Eso a los perros no les pasa.

Annie vio que su yo más joven restregaba una mejilla contra el hocico de *Cleo*.

—Qué sola estaba… —susurró.

—Sí, ya lo noté.

—Había perdido todo lo que conocía.

—Lo siento.

—¿Usted se ha sentido alguna vez así?

La mujer asintió.

—Una vez.

—¿Cuándo?

Señaló la ventana del remolque.

ANNIE SE ACERCÓ. No se veía el exterior. Al otro lado del cristal distinguió una habitación sin luz, en una casa abandonada. No había muebles. Vio un cristal roto. En la pared del fondo había grafitis. En un rincón reconoció unos ojos que a duras penas reflejaban la luz y se dio cuenta de que era una perra grande echada sobre el suelo sucio, rodeada de cachorros que tocaban su barriga con el hocico.

—Parió hace una semana —dijo la anciana.

—¿Qué hace en esta casa?

Antes de que pudiera contestar, se abrió la puerta e irrumpieron dos hombres en camiseta, jeans y botas con una lata de cerveza en la mano. Retrocedieron al oír el gruñido de la perra.

Uno de los dos, que llevaba un gorro de esquiador, se tambaleó un momento. Luego se sacó una pistola del bolsillo trasero de los pantalones.

—No... —susurró Annie.

Disparó tres veces. Cada bala provocó un pequeño fogonazo de color naranja. Los dos hombres se rieron, bebieron más cerveza y dispararon otra vez. Al cabo de otros cinco disparos cruzaron la puerta dando tumbos.

—¿Qué ha pasado? —preguntó Annie—. ¿Qué acaba de pasar?

La anciana apartaba la vista. Annie oyó risas sordas en el exterior y en el rincón gruñidos muy agudos. Se le había llenado la cara de lágrimas.

—¿La mataron?

—Sí, y a algunos de sus hijos también —dijo la anciana—. Sobrevivieron tres.

—Pobre madre.

—Sí. Fue la última vez que la vi.

Annie parpadeó.

—¿Qué ha dicho?

Apartándose el cuello del abrigo, la mujer se inclinó para enseñar una antigua herida de bala en un hombro. Después tocó las mejillas mojadas de Annie.

—Yo lloré por ti y tú lloras por mí.

ANNIE SE EQUIVOCA

SE PASA UNA *camiseta por la cabeza y le pone la correa a* Cleo.

—*Venga, vamos.*

Han transcurrido ocho meses desde el accidente. Las vendas ya no están. El collar de plástico tampoco. Alrededor de la herida de Cleo *ha crecido el pelaje. En cambio, la mano de Annie está llena de cicatrices rojas sanguinolentas, y descolorida por el riego sanguíneo irregular. A menudo se le contraen los dedos sin querer, haciendo que parezcan garras. Cómo le gustaría poder tener pelo encima de las cicatrices, como* Cleo.

—*Quédate a mi lado, ¿eh? —le dice al montar en bicicleta—. No te vayas corriendo.*

Teóricamente no puede ir en bici sin su madre. Tampoco puede llevarse a Cleo *fuera del parque de remolques, pero la soledad ha hecho que se las ingenie. Además, quiere ver algo.*

—*Vamos, chica, vamos...*

Pedalea. La perra corretea a su lado. Annie ha aprendido sin ayuda a ir en bici prácticamente con una sola mano. Cortan por un pequeño bosque, una calle y unos setos. Se para y pone el caballete. Luego baja caminando por una colina, acompañada por Cleo. *Llegan a una valla de metal. Annie mete los dedos por los agujeros.*

Delante hay un colegio. Falta poco para el recreo. Annie lo sabe. No es la primera vez que va.

Se oye un timbre y por la puerta salen muchos niños que compiten por unos columpios. Algunos patean una pelota. Hablan en voz alta y parecen contentos. Annie se agacha un poco más. Ve a dos niñas que parecen de su edad y que se dirigen hacia un lado del edificio. Una tiene el pelo liso, rubio, y lleva unos jeans negros y unos zapatos deportivos rosas. Ya le gustaría a Annie tener zapatos deportivos rosas.

—*Quédate aquí —susurra.*

Enrolla la correa de Cleo *en la valla.* Cleo *se queja.*

—*¡Shhh! —le dice Annie antes de alejarse de puntitas.*

Recorre la valla y después de cambiar de dirección llega a una zona donde el suelo es de abono nuevo, mojado por un aspersor. Ahora ve a las dos niñas, apoyadas en el muro del colegio. Una de ellas saca algo del bolsillo y se lo aplica a la otra en la boca. ¿Lápiz de labios? Movida por la curiosidad, Annie se sube a un tocón para verlo mejor. Las niñas miran algo y hacen muecas. ¿Un espejo, quizás? Annie se pregunta de qué color será el lápiz de labios.

De repente las niñas se giran hacia ella y Annie pierde el equilibrio. Se cae sobre su mano mala y siente una punzada de dolor que le recorre todo el cuerpo. Se muerde el labio inferior. Se le han llenado los brazos de tierra. No se mueve por miedo a que se acerquen las niñas.

Finalmente suena la campana y las voces se apagan. Se levanta despacio, con la muñeca adolorida, y vuelve con dificultad adonde ha dejado a Cleo.

Cuando llega, no encuentra a la perra.
Se le acelera el pulso.
—¿Cleo? —la llama con todas sus fuerzas—. ¿Cleo?
Rodea corriendo la valla. Nada. Vuelve corriendo.
Tampoco. La siguiente hora la dedica a dar vueltas por las
mismas calles, con los ojos escocidos por el llanto, llaman-
do a Cleo a gritos y rezando por oír sus ladridos.

Al final, consciente de que pronto llegará su madre,
vuelve en bici a su casa, sollozando. Al llegar al remolque
se para y suelta todo el aire de los pulmones. Al lado de la
puerta está sentada Cleo, con la correa colgando como
una serpiente de cuero.

—¡Cleo, ven aquí! —le dice Annie a la perra, que corre
hacia ella, salta y le lame la tierra de los brazos.

«Esto me gusta más —piensa Annie—: una perra que
me quiere y que se alegra de verme. Mejor que las dos
niñas y que la tontería del lápiz de labios. Por mucho.»

La segunda lección

ANNIE SE QUEDÓ mirando a la mujer del abrigo.

—¿Me está diciendo que…?

—Soy *Cleo*.

—Pero si es una persona…

—Me ha parecido que esta forma facilitaría las cosas.

—¿Y la dueña del refugio? Le he preguntado si era usted…

—Me tenía en brazos. Lo que me has preguntado es si «era yo», sin especificar. Al menos así lo recuerdo. Perdona. A menudo pensamos que se habla de nosotros, pero no.

Annie se fijó en los pliegues de su piel, en su nariz curvada y en los huecos de su dentadura.

—*Cleo* —susurró.

—Sí.

—Estamos comunicándonos.

—Siempre nos hemos comunicado. ¿Acaso no sabías cuándo tenía hambre? ¿O miedo? ¿O cuándo quería salir?

—Supongo que sí —contestó Annie—. ¿Y tú? ¿Me entendías cuando hablaba contigo?

—Las palabras no, pero la intención sí. Los perros oyen de otra manera que las personas. Detectamos la emoción en sus voces. Rabia, miedo, alegría, pesar... Los diferenciaba por el tono. Olía en la piel si tenías un día bueno o malo. Qué habías comido. Cuándo te habías bañado. Si te habías puesto el perfume de tu madre en las muñecas. ¿Te acuerdas? Entrabas a escondidas en su cuarto, te sentabas delante de su espejo y me tendías la mano para que la oliera.

Annie miró fijamente los ojos de *Cleo,* intentando imaginarse el resto: el pelaje de color chocolate, las orejas finas y caídas... Se acordaba de lo mismo que ella. Se acordaba de cómo había envejecido. Hasta se acordaba del día de su muerte, del trayecto hasta el veterinario en el coche de su madre, de la lentitud con la que respiraba, adormilada en su regazo. Lo que no sabía era qué importancia podían tener ahora esos recuerdos.

—¿Por qué estás aquí, *Cleo?* —preguntó.

—Para enseñarte algo. Es lo que hacen todas las almas con las que te encuentras en el cielo.

—¿O sea, que los animales tienen alma?

Cleo puso cara de sorpresa.

—¿Por qué no iban a tenerla? —preguntó.

EL PAISAJE CAMBIÓ de modo brusco. Ya no estaban en el remolque, ni en la casa abandonada. Ahora flotaban en un cielo verde claro, sobre algo que parecía un enorme colchón con sábanas naranjas y unas almohadas rosas semejantes a pequeñas colinas.

—Un momento —dijo Annie—. Pero si es mi cama de pequeña...

—Exacto.

—Es enorme.

—Bueno, es que a mí me lo parecía. Cuando me llamabas, tenía que correr y saltar.

—¿Por qué estás…?

—La soledad, Annie. Estoy aquí para explicártela. Tú la sufriste. Te torturabas por ella, pero nunca la entendiste.

—¿Qué hay que entender sobre sentirse sola? —replicó Annie—. Es horrible.

—No siempre. ¿Qué te crees, que si no te hubieras encontrado tan sola me habrías elegido a mí en el refugio? ¿O me habrías quitado el collar la primera mañana para dejarme comer? Gracias a tu soledad tuve un hogar. Y fui feliz.

»¿Te acuerdas de lo que te he dicho antes sobre la empatía? Pues también funciona en sentido contrario. Yo estaba herida. Era diferente. Y tú te sentías…

Annie echó un vistazo a su mano izquierda, separada del cuerpo.

—Herida —susurró—. Diferente.

—¿Y…?

—Sola.

La mujer señaló con la cabeza las almohadas gigantes y Annie se vio en mil noches de su infancia, acunando a su querida compañera.

—Sola no —dijo *Cleo*.

El paisaje volvió a cambiar. Reaparecieron la cuadrícula de césped que había visto Annie antes y los innumerables perros que esperaban pacientemente en las puertas.

—¿Alguna vez te has parado a pensar en cuántos seres vivos existen en la Tierra? —preguntó *Cleo*—. Personas, animales, pájaros, peces, árboles... Parece mentira que alguien se sienta solo. Pero a los seres humanos les pasa. Es una pena.

Miró el cielo, que se había puesto de un morado oscuro.

—Tenemos miedo de la soledad, Annie, pero en sí la soledad no existe. No tiene forma. Sólo es una sombra que cae sobre nosotros. Y de la misma manera que se disipan las sombras cuando cambia la luz, la sensación de tristeza puede desaparecer en cuanto vemos la verdad.

—¿Cuál es la verdad? —preguntó Annie.

—Que la soledad se termina cuando alguien te necesita. —La anciana sonrió—. Y hay tanta necesidad en el mundo...

Justo entonces se abrieron las puertas de todas las parcelas y aparecieron un sinfín de personas apesadumbradas, de niños con muletas, de adultos en silla de ruedas, de soldados con uniformes manchados de polvo y de viudas con velos. Annie intuyó que todos necesitaban algún tipo de consuelo. Los perros corrieron hacia ellos, meneando la cola. Lamieron a las personas tristes y frotaron sus hocidos contra ellas, a cambio recibieron abrazos y mimos. Las malas caras se convirtieron en sonrisas de agradecimiento.

—Éste es mi cielo —dijo *Cleo*.

—¿Ver cómo vuelve la gente a casa? —preguntó Annie.

—Sentir la alegría con que lo hacen. Reencuentros de almas. Es divino.

—Pero si pasa cada día…

Cleo ladeó la cabeza.

—¿Cada día no pasan cosas divinas?

Annie observó con cierta pena los felices reencuentros. Estaba claro que el más allá iba a estar lleno de gente. Ya se había dado cuenta. Sin embargo, el de ella equivalía a estar sin Paulo, la persona a la que más quería. ¿Cómo podría sentirse satisfecha alguna vez?

—¿Qué te pasa, Annie?

—Mi marido. He intentado que siguiera vivo y no sé si lo he logrado. De lo único que me acuerdo es del quirófano, de que un médico me puso las manos en los hombros y me dijo: «Nos vemos enseguida». Luego… nada. —Le costaba encontrar las palabras—. Mientras Paulo esté vivo, no me importa estar muerta. Pero dime al menos que no he muerto en vano.

La anciana sonrió.

—Lo que se hace por otros nunca es en vano.

Después de esas palabras, *Cleo* movió la cabeza para señalar una última puerta, que se abrió. Annie se vio a sí misma con nueve años, saltando de la bicicleta y corriendo a abrazar a su perra el día en que había creído perderla.

Simultáneamente, la anciana se apoyó en Annie, cuyos dedos y palmas, de repente, rezumaban calor. Primero reaparecieron sus muñecas; luego sus codos y sus bíceps y, por último, sus hombros.

—Mis brazos —se sorprendió—. Vuelvo a tenerlos.

—Para abrazar lo que quieres —susurró *Cleo*.

Sin soltar a Annie, su cuerpo de mujer disminuyó. Su abrigo se encogió hasta convertirse en su pelaje. Sus piernas se escondieron en el cuerpo. Sus orejas y su hocico se alargaron. Estaba revelándose como el cachorro que había sido en la Tierra. Cuando Annie la tomó en sus brazos, jadeó.

—Pero si eres tú... *Cleo*. ¡*Cleo*!

Una oleada de recuerdos asaltó la mente de Annie: *Cleo* corriendo al lado de su bicicleta, *Cleo* llevándose un trozo de pizza de su plato, *Cleo* rodando por el suelo mientras Annie le hacía cosquillas en la panza... Sintió una alegría que no había tenido en años. Después de tanto tiempo, de tantas decepciones, de tanto desencanto, volvía a tener en brazos a su perra. Quizá *Cleo* tuviera razón y los reencuentros fueran un regalo del cielo.

—Perrita guapa —susurró, a la vez que sentía lamidas de agradecimiento en las mejillas—. Perrita guapa.

Cerró los ojos para disfrutar de aquella vieja sensación.

Cuando volvió a abrirlos tenía las manos vacías y volvía a estar sola en el desierto.

DOMINGO, 11:14 HORAS

TOLBERT ESTABA QUE trinaba. Llevaba casi una hora llamando a Teddy, su ayudante, sin conseguir hablar con él.

«Pero ¿cómo es posible que no contestes el teléfono? ¿Y si fuera un cliente?» Se juró despedirlo en cuanto lo viera, aunque últimamente costaba mucho encontrar pilotos de globos aerostáticos.

Era un mundo en el que había empezado tarde, a los cincuenta y dos años, tras jubilarse como marinero. De joven había sido piloto y conservaba el interés por la aviación, a pesar de que le dijeran que era demasiado mayor para volar. Los globos no eran precisamente cazas a reacción, pero al menos así estaba en el cielo y podía poner en práctica sus conocimientos sobre el viento, el análisis meteorológico y la inspección del instrumental. Además, le gustaba poder trabajar solo.

«Bueno, casi —pensó, indignado por la irresponsabilidad de Teddy—. Casi solo.»

Condujo el coche de su mujer por una pista de tierra, a pocos kilómetros del cobertizo donde guardaba los accesorios del globo. Se fijó en algo. Luego pisó el freno.

Tenía delante cuatro coches de la policía que le cerraban el paso con las luces encendidas.

Un policía le hacía señas de que se acercara.

La siguiente eternidad

FUERTES RÁFAGAS DE viento se llevaban la arena del desierto. Annie sintió que se elevaba dentro de una vorágine de tonos rojos y rosados, mientras daba vueltas como un reloj de bolsillo colgado de una cadena. Por primera vez desde que estaba en el cielo, ofreció resistencia. Agitó los brazos como si intentara descolgarse de un gancho, y aprovechó que había recuperado las piernas para dar patadas hasta que logró soltarse. Entonces se cayó.

Entró en caída libre, entre nubes de color coral, hasta que vio debajo una gran isla rosada de la que salían cinco penínsulas, como los radios de una rueda. Se preparó para un fuerte impacto. En el último momento, sin embargo, giró sobre sí misma y aterrizó de espaldas, suavemente.

Lo de debajo era nieve rosa.

—¿Hola? —dijo con todas sus fuerzas. Los ecos de su voz tenían un timbre adolescente—. ¿Hay alguien?

Agitó los brazos y las piernas para asegurarse de que le obedecieran. Después se levantó. Se sentía mayor, y más fuerte. A medida que avanzaba por el cielo, por lo visto también reconstruía su cuerpo terrenal. También sus pensamientos estaban madurando. Se había apoderado de ella una irritabilidad, una impaciencia propia de los adultos jóvenes. Quería respuestas.

Bajó la vista hacia la superficie helada y rosa.

Su huella había creado un ángel de nieve.

ANNIE MIRÓ A su alrededor. ¿No venía nadie a recibirla? Se puso a caminar. Aceleró poco a poco hasta correr, levantando las rodillas para sacudirse la nieve. En un momento dado se le despertó el recuerdo de los inviernos de su infancia. De repente llevaba su vieja chamarra fucsia, unas botas peludas y unos pantalones negros de esquiar, como si la hubiera vestido su memoria.

La nieve continuaba hasta perderse de vista. El cielo eran franjas de una luz canela. Annie corrió hacia las penínsulas hasta agotarse. Cerró los ojos para reordenar sus ideas.

Cuando los abrió, volvía a tener delante el ángel de nieve, pero esta vez, en el hueco de la cabeza había dos ojos que miraban.

Se movió un poco. Los ojos la seguían.

—¿Estás aquí por mí? —preguntó, vacilante.

—¿Estás aquí por mí? —repitió una voz.

Miró a su alrededor.

—¿Te conozco? —dijo.

—¿Te conozco? —volvió a repetir la misma voz.

Annie se inclinó y miró atentamente. Los ojos la miraban con la misma atención. Retrocedió. Eran los ojos que veía cada día en el espejo.

—¿Eres... yo? —preguntó.

No hubo respuesta.

—Di algo.

Los ojos fijaron su mirada en las alturas.

—¿Qué miras?

En ese momento, la nieve rosa se estremeció y las cinco penínsulas se contrajeron como dedos. Annie levantó la vista hacia donde miraban los ojos del ángel. Todo el cielo estaba ocupado por un rostro, el más conocido de su vida.

—¿Mamá? —susurró—. ¿Eres tú?

ANNIE SE EQUIVOCA

TIENE DOCE AÑOS. Acaba de empezar la secundaria. Espera que sea mejor que la primaria. Al final Lorraine la inscribió en el colegio, pero a mitad del tercer grado. Annie era «la nueva». El primer día, la maestra repartió material para la clase de educación plástica y como Annie no podía sujetarlo bien con la mano izquierda, se le cayó delante de todos. Toda la clase se rio.

—A ver, niños —los regañó la maestra—, que un alumno sea diferente no es motivo para que lo traten de otra manera.

Annie se dio cuenta de que los estaba invitando justamente a hacerlo y acabó por sentirse aún más cohibida.

En el transcurso de las semanas intentó hacer amigos. A veces llevaba regalos. Sacaba a escondidas de su casa galletas de chocolate y las repartía a la hora del recreo. Un día oyó que unas niñas hablaban de unas figuras de los Pitufos y cuando fue a la tienda con su madre robó una caja y se la escondió debajo de la camiseta. También las repartió, hasta que una maestra se dio cuenta y llamó por teléfono a Lorraine. Ésta, muerta de vergüenza, arrastró a su hija a la tienda y la obligó a pedir perdón al encargado.

Durante todo el cuarto grado, y gran parte del quinto y del sexto, Annie tuvo que llevar los dedos entablillados para que no se le torcieran. Las cicatrices, feas y moradas, llamaban la atención, así que se acostumbró a esconder la mano izquierda siempre que podía: detrás de la espalda, en un bolsillo de la chamarra, al otro lado de un cuaderno... A menudo se ponía manga larga, a pesar del calor que hacía en Arizona.

Su madre insistía en que hiciera los ejercicios de rehabilitación varias veces al día, juntando el pulgar con cada uno de los otros dedos como si hiciera la señal de «OK». Annie lo hacía en el pupitre, con la esperanza de que nadie se diera cuenta, hasta que se peleó con una niña que se llamaba Tracy.

—¡Ok, Annie, Ok! —gritó Tracy, imitando la señal con las manos.

Los demás se rieron. Pasó a ser su apodo: «Annie Ok». A partir de entonces, la llamaron así la mayoría de los niños.

Quien nunca lo hizo fue Paulo, el niño al que conoció jugando a saltar el potro. Con él, Annie se sentía confiada. Paulo sonreía mucho y parecía muy seguro de sí mismo. Un día, en la cafetería, se inclinó hacia ella y le tomó la mano sin pedirle permiso.

—Tampoco está tan mal —dijo.

—Da asco —contestó ella.

—He visto cosas peores.

—¿Dónde?

—Vi una foto de un hombre al que había atacado un oso. Eso sí que daba asco.

Annie estuvo a punto de reírse.

—A mí no me atacó un oso.

—Sería imposible. En Arizona no hay osos.

Esta vez se rio de verdad.

—¿Te gustaría tenerla como antes? —preguntó Paulo.

—¿Normal, quieres decir?

—Sí, si pudieras.

—¿Lo preguntas en serio? Pues claro.

—No sé —Paulo se encogió de hombros—. Te hace diferente.

«Es que ése es el problema», pensó Annie. Aun así, agradeció la compasión de Paulo. Al conocerlo más a fondo se enteró de que le gustaba el futbol americano y todo lo referente al espacio. Una vez buscó en la sección de astronomía de la biblioteca hasta que encontró un libro con un capítulo sobre la aurora boreal, de la que Paulo hablaba mucho. Al día siguiente, antes de clase, se lo puso en el pupitre.

—Mira qué he encontrado —dijo.

En la boca de Paulo se dibujó una sonrisa.

—¿Qué es?

—Nada, algo que estoy leyendo.

Annie lo abrió por el capítulo en cuestión y Paulo puso unos ojos como platos.

—¡No puede ser! —dijo.

Annie le acercó el libro, sintiendo calor en el cuerpo.

—Te lo regalo.

—Creía que estabas leyéndolo.

—Ya lo leeré cuando lo acabes.

—Bien —dijo él, quedándoselo—. Muchas gracias, Annie —añadió.

No «Annie Ok». «Annie» a secas.

AHORA QUE VAN los dos a secundaria, Annie espera poder ver más a menudo a Paulo, pero su madre sigue controlando todos sus movimientos; la deja cada mañana en el colegio y cada tarde está estacionada en la salida y toca el claxon al verla. Annie baja la cabeza y va hacia el auto con el cuerpo rígido, segura de oír risas de otros niños.

Un día, al final de clase, se queda en el vestíbulo, mirando a través del cristal. Justo al otro lado hay un grupo de niñas guapas, todas con mochilas color lila. Annie titubea. No quiere que su madre toque el claxon con las niñas ahí al lado.

—¿Estás esperando a que se vayan? —dice Paulo.

Annie levanta la cabeza, sonrojada.

—¿Tanto se me nota?

—Ven, que quiero hablar con tu madre.

Paulo cruza la puerta sin darle tiempo a reaccionar y se aleja a grandos pasos, confiado. Mientras se apresura a darle alcance, Annie ve que las niñas de las mochilas los observan.

Al llegar al coche, Paulo se agacha hacia la ventanilla y tiende la mano.

—Hola, madre de Annie, me llamo Paulo.

Lorraine vacila.

—Hola, Paulo.

—Ahora que hemos cambiado de colegio podríamos volver juntos a casa, Annie y yo. Así no haría falta que la trajera en coche. No vivimos lejos.

El corazón de Annie late muy deprisa. ¿Que Paulo quiere acompañarla a casa?

—Gracias, Paulo —dice Lorraine—, pero está bien así. Vamos, Annie, que tenemos que hacer varios encargos.

Annie no quiere ir. No quiere abrir la puerta. Se la

abre Paulo. Annie se mete lentamente en el coche y, a su
pesar, deja que Paulo cierre.

—*Si lo piensa mejor… —dice él.*

Arrancan.

—*¡Adiós! —grita Paulo.*

Annie nota que se le calienta mucho la piel. La pro-
puesta de Paulo es lo que más desea, pero su madre la ha
rechazado sin pensarlo.

—*¿Por qué has sido tan maleducada? —le pregunta*
bruscamente.

—*¿Por qué lo dices? No he sido maleducada.*

—*¡Sí que lo has sido!*

—*Annie…*

—*¡Lo has sido!*

—*Pero si sólo es un niño…*

—*¡Mamá, por Dios! ¿Por qué tienes que estar siempre*
en todas partes? ¡Qué harta estoy de ti! ¡Me tratas como a
una niña pequeña! ¡Por tu culpa no tengo amigos!

Su madre aprieta los labios como si tuviera ganas de
gritar algo, pero se lo calla. Cambia las manos de sitio en
el volante.

—*Haz tus ejercicios —dice.*

La tercera persona que Annie encuentra en el cielo

—¿Mamá? —susurró Annie.

La cara de su madre acaparaba todo el cielo. Annie no podía mirar a ningún sitio sin verla. Se dio cuenta de lo natural que se le hacía pronunciar la palabra «mamá», pero también del tiempo que llevaba sin sentirla en sus labios.

—Hola, ángel mío —contestó su madre, como cuando Annie era pequeña.

Parecía que su voz estuviera pegada a los oídos de Annie.

—¿Eres tú, de verdad?

—Sí, Annie.

—¿Estamos en el cielo?

—Sí, Annie.

—¿A ti también te ha pasado? Lo de encontrar a cinco…

—Annie…

—¿Qué?

—¿Dónde está el resto de ti?

Annie se miró el vacío del torso, que ahora era visible a través de la chamarra invernal, y le tembló la voz.

—Me he equivocado, mamá. Ha habido un accidente, una caída. Paulo… Estaba intentando salvar a Paulo. ¿Te acuerdas de Paulo, el del colegio? Pues nos hemos casado. Sólo hemos podido pasar una noche juntos. Y luego un viaje en globo. Ha sido culpa mía.

Annie se quedó callada, con la cabeza baja, como si soportara todo el peso de lo que acababa de contar.

—Levanta la cabeza, cariño —dijo Lorraine.

Annie obedeció. La tez de su madre era perfecta. Tenía los labios carnosos y el pelo muy lustroso, de color caoba, con las raíces más oscuras. Annie casi ya no se acordaba de lo guapa que había sido.

—¿Por qué eres tan grande? —susurró.

—Es como me veías en la Tierra. Pero va siendo hora de que me veas como me veía yo.

Su mano gigante se elevó y descendió hacia su cara. Annie se acercó a tropezones a los ojos de su madre, que se abrieron como un profundo pozo y se la tragaron entera.

AL PRINCIPIO, LOS niños necesitan a sus padres. Con el paso del tiempo los rechazan. Y al final se convierten en ellos.

Con Lorraine, Annie transitó las tres fases, pero al igual que tantos hijos nunca llegó a saber la historia del sacrificio de su madre.

Lorraine sólo tenía diecinueve años cuando conoció a Jerry, que tenía veintiséis. Ella trabajaba en una panadería y él repartía pan con una camioneta. Lorraine, que nunca se había alejado más de cincuenta kilómetros de su pueblo, soñaba con huir del tedio y del rígido uniforme, abrochado hasta el cuello, que llevaba cada día. Una tarde se presentó Jerry a última hora, con chamarra de ante y botas de motociclista, y le propuso ir a dar un paseo. Estuvieron toda la noche en la camioneta y no pararon hasta llegar a la Costa Este. Bebieron, se rieron, chapotearon descalzos entre las olas del mar y se tumbaron en la arena, usando la chamarra de Jerry como manta.

A los tres meses se casaban por lo civil en un juzgado del centro. Lorraine llevaba un vestido con estampado de cachemira y Jerry una chamarra marrón. Brindaron con champán y pasaron el fin de semana en un motel de playa, nadando y bebiendo vino en la cama. Era una pasión muy fuerte, pero se consumió enseguida, como la mayoría de las pasiones. Un año después, al nacer Annie, ya estaba declinando.

Jerry no estuvo presente en el parto. Había salido a hacer una entrega nocturna, que por alguna razón se convirtió en cinco días de ausencia. A Lorraine la llevó a casa desde el hospital su hermano Dennis.

—No puedo creer que no esté —rezongó Dennis.

—Ya vendrá —dijo Lorraine.

Sin embargo, pasaban los días y Jerry seguía sin aparecer. Lorraine recibía llamadas de sus amistades, que querían ir a verla y saber el nombre del bebé. Ella tenía muy claro cuál quería. Estaba inspirado en una mujer de quien hablaba siempre su abuela, Annie Edson Taylor, que en 1901, a los sesenta y tres años, se metió en un barril y fue la primera persona que se tiró por las cataratas del Niágara y sobrevivió.

—Qué vieja más valiente —se admiraba su abuela, diciendo «valiente» como si fuera algo raro y muy valioso.

Era lo que quería Lorraine para su hija. También a ella le habría gustado ser más valiente.

Finalmente, un martes, Jerry volvió a casa, apestando a alcohol. Lorraine, que estaba acunando a la bebé, sonrió forzadamente.

—Mira, Jerry, nuestra hija. ¿Verdad que es guapa?

Él ladeó la cabeza.

—¿Cómo la vamos a llamar?

—Annie.

Resopló.

—¿Cómo la película? ¿Para qué?

A PARTIR DE entonces, Annie tuvo la impresión de criar a su hija ella sola. Jerry empezó a hacer viajes más largos en camión. Se pasaba varias semanas fuera. Cuando estaba en casa quería dormir sin que lo molestaran, comer a sus horas y recibir en exclusiva la atención de su mujer, siempre que él tuviera ganas de ella. Si Lorraine oía llorar a su hija y levantaba la cabeza, Jerry le aferraba la mandíbula y la obligaba a girarse hacia él

—Eh, que estoy hablando yo —decía.

Con el paso de los meses fue aumentando su rabia y también su fuerza física. A Lorraine le daba vergüenza tenerle tanto miedo y reaccionar con tanta inmediatez a sus exigencias, con la esperanza de ahorrarse zarandeos y empujones. Nunca salían. Ella se pasaba todo el tiempo lavando la ropa y los platos. A veces se extrañaba de que en tan pocos años hubiera pasado de una vida tan abierta a otra tan cerrada. Pensaba con frecuencia en que las cosas habrían podido ir por otro camino: si no hubiera trabajado en la panadería, si no hubiera conocido a Jerry, si no hubiera subido aquella noche a su camioneta, si no hubiera tenido tanta prisa por casarse...

Después se regañaba por imaginarse un mundo sin su hija. Entonces tomaba en brazos a Annie y, al notar el peso de su cuerpo menudo, al tocar sus mejillas rollizas y fijarse en cómo le pasaba los brazos por el cuello, dejaba de pensar en otras vidas.

Es el desarmante poder de los niños: sus necesidades hacen que te olvides de las tuyas.

CUANDO ANNIE CUMPLIÓ tres años, Lorraine tuvo la corazonada de que su matrimonio no duraría mucho más. Cuando cumplió los cuatro, ya estaba segura. Las ausencias de Jerry ya no eran sólo por trabajo y cuando Lorraine le pedía cuentas por sus correrías de faldas, él sacaba la violencia que llevaba dentro. Lorraine lo toleraba por un sentimiento de culpa equivocado y por la idea de que a su pequeña le hacía falta un padre, por muy malo que fuera.

Sin embargo, el día en que Jerry descargó su rabia en Annie y empezó a darle bofetadas por haber abierto el refrigerador sin permiso, Lorraine encontró una fuerza que no sabía que tenía. Lo echó de casa y cambió las cerraduras. Esa noche la pasó con Annie en brazos, llorando en su pelo rizado, y Annie también lloró, aunque sin saber por qué.

El divorcio se hizo eterno. Jerry alegaba que estaba desempleado. Ganar dinero se convirtió en una odisea. Lorraine trabajaba en casa, haciendo encargos de mecanografía. Como sabía que Annie no entendía la ausencia de su padre, intentó crear un mundo feliz para ella. La animaba a bailar todo lo que quisiera y a cantar en voz alta. Saltaban juntas sobre los aspersores y se pasaban horas jugando juegos de mesa. Dejó que Annie se probara lápiz de labios delante del espejo y que se disfrazara de su superhéroe favorito para Halloween. Durante muchos meses, madre e hija durmieron en la misma cama, y Lorraine la arrullaba cada noche con una canción de cuna.

Sin embargo, a medida que pasaba el tiempo y las facturas sin pagar se acumulaban, Lorraine se vio en la necesidad de trabajar fuera de casa. Pedía a los vecinos que vigilaran a la niña después del colegio. Al llegar a casa, estaba exhausta. Annie empezó a dormir en su propia habitación. Llegó el momento en que los hombres de la nueva oficina de Lorraine empezaron a pedirle citas y ella se prestó enseguida a salir con ellos, sobre todo si le pagaban una niñera. Tuvo una serie de relaciones cortas, todas malogradas, aunque seguía probando con la esperanza de cambiar de vida.

Y llegó el día del Ruby Pier, en el que vio cumplido su deseo, pero no como esperaba.

EN EL CIELO, la visión puede ser compartida. Después de caerse dentro de los ojos de su madre, Annie se encontró en el interior de uno de los recuerdos de ésta. Estaba en el patio trasero de su primera casa, sentada delante de una mesa. El cielo era blanco. Había un tendedero con sábanas y ropa, como en los otros patios. Lorraine llevaba zapatos de tacón, una falda azul y una blusa blanca, la ropa que se ponía para trabajar. Tenía una carpeta sobre las rodillas y varios documentos en las manos.

—¿Sabes qué es esto, Annie?

Annie, que aún estaba intentando entender cómo habían llegado allí, sacudió la cabeza.

—Son de un abogado. Los enviaron de parte de tu padre.

Annie parpadeó.

—¿Por qué?

—Según él, no había sido buena madre. Por lo de tu accidente. Quería la custodia.

—¿De mí?

—De tiempo completo.

—Pero si a papá no lo había visto en…

—Años. Ya lo sé, pero quería ponerle una demanda al parque de diversiones y para eso te necesitaba a ti. Pensó que podía ganar una fortuna. Y cuando Jerry tenía una idea sobre dinero, nunca se rendía.

»Yo ya sabía cómo sería tu vida si te ibas a vivir con él; sabía lo violento que era, así que tomé una decisión.

Annie miró por la ventana del dormitorio. Dentro estaba ella de pequeña, mirando hacia fuera.

—Sí, ahora me acuerdo de ese día… Fue cuando se presentaron en la puerta los reporteros esos.

—Exacto.

—Nos fuimos a la mañana siguiente.

—Nunca te expliqué por qué —Lorraine dejó los papeles—. Ahora ya lo sabes.

Se levantó, alisándose la falda.

—Por algo se empieza —añadió.

—¿Se empieza? ¿A qué? —preguntó Annie.

—A que no haya secretos entre tú y yo. Ven, que tengo más cosas que enseñarte.

Annie se sintió flotar al lado de su madre. Se elevaron por encima de la casa. El cielo de la tarde se fundió con el del alba. Annie vio cómo se alejaba su coche a la mañana siguiente; con la cajuela cerrada con un gancho.

—No me gustó nada que nos fuéramos —dijo.

—Ya lo sé.

—Y no volvió a ser nada igual.

—No podía serlo.

—Lo dejamos todo atrás.

—Bueno, todo no.

Perdieron altura para ver a Lorraine al volante y a Annie dormida en el asiento de al lado.

—Seguíamos teniéndonos la una a la otra —dijo Lorraine.

ANNIE SE EQUIVOCA

TIENE CATORCE AÑOS. *La familia de Paulo está a punto de mudarse a Italia.*

Hace tiempo que Annie tiene miedo de este día. Ahora Paulo y ella comen juntos y quedan de verse entre clase y clase. Ha llegado a considerarlo más que un amigo, una persona que le inspira verdadero aprecio, o —dentro de lo joven que es— amor. No toma ninguna iniciativa. Los primeros amores a menudo se quedan en el corazón, como plantas que no pueden crecer por falta de luz.

Sin embargo, todos los días ve a Paulo en su cabeza. Se imagina con él de la mano, o juntos en el zoológico, o en el centro comercial. Lo malo es que Paulo está a punto de irse y, además de perder un amigo (y lo que aún no ha llegado a ser), Annie perderá a su protector frente a las otras niñas del colegio.

Por la mañana del último día de Paulo, Annie está sacando los libros de su casillero cuando se acerca Megan, una de las niñas populares que nunca le dirige la palabra.

—Hola —le dice.

—Hola —responde Annie, sorprendida.

119

—Supongo que echarás de menos a Paulo —dice Megan. Annie se sonroja.

—No, lo digo en serio —continúa Megan—. Es lindo. Yo, si se fijara en mí como se fija en ti, lo echaría de menos.

Sorprendida por las palabras y por el tono, Annie se deja llevar por la posibilidad de una nueva amiga. Megan sonríe. Annie siente la necesidad de complacerla.

—Mira —dice, y abre un cuaderno.

Es un dibujo a lápiz que hizo de Paulo cuando se aburría en clase. Dibuja bien. Es un retrato grande, con el foco en los ojos.

—Pero ¡qué bien hecho está! —dice Megan—. Tengo que tomar una foto.

Saca un teléfono pequeño y, antes de que Annie pueda protestar, pulsa un botón. Annie nunca había visto un teléfono que fuera una cámara.

—Es nuevo —dice Megan, y lo gira hacia ella—. ¿Verdad que está increíble?

Le enseña otras fotos de sus amigas posando. Annie se siente parte de un círculo especial.

Suena el timbre.

—Adiós —dice Megan.

Mientras la ve alejarse a toda prisa, Annie piensa que quizá no se acabe el mundo porque se vaya Paulo. Quizá pueda hablar sobre él con Megan y sobre otros temas de conversación entre las niñas populares. Es una nueva sensación. Se anima al impregnarse de ella.

Al salir de clase se dirige al casillero de Paulo, su punto de encuentro habitual. Tiene un plan. Hablarán como siempre o quizá durante un poco más de tiempo. Annie quiere darle el retrato que le ha hecho. Quiere pedirle que le escriba desde Italia y decirle que contestará sus cartas.

Lo que más desea es darle un beso. Teniendo en cuenta que se va, tampoco le parece tan raro. La gente se da besos, ¿no? Un besito en la mejilla. O quizás en los labios... Lleva todo el día pensándolo. Bueno, mejor dicho varios días.

Se gira hacia el pasillo.

Y se queda de piedra.

Alrededor del casillero de Paulo se ha formado un grupo de alumnos. Él está en medio. Todos se ríen, niñas y niños, y algunos de estos últimos le dan palmadas en la espalda. En el centro está Megan, mostrándoles a todos su teléfono.

—*¡Eh, pues se te parece un montón!* —*exclama un niño.*

—*¡Te está acosando!* —*grita otro.*

—*¡Quiere ponerse tu piel como regalo de cumpleaños!*

Todos se ríen. Annie observa a Paulo, que no dice nada.

De repente alguien la ve.

—*¡Eh!* —*dice.*

Se van dando golpecitos y girándose para mirarla. Es como recibir flechazos. Annie no puede ni tragar saliva. Ve que Megan esconde su teléfono en la espalda.

Normalmente, Annie disimularía y se escaparía, pero ver a Paulo allá, en medio de todos... Es como si le hubieran quitado lo último que le quedaba. Se acerca lentamente, moviendo los pies como si se los empujara otra persona mientras los demás se apartan, como imanes invertidos. Annie y Megan quedan frente a frente.

Annie traga saliva con dificultad.

—*¿Me dejas verlo a mí también?* —*pide.*

Megan pone los ojos en blanco y levanta el teléfono. Annie ve la foto de su dibujo. Paulo. Sus grandes ojos.

—¿Por qué se lo enseñas a todos? —a Annie le tiembla la voz—. No es tuyo.

Se gira hacia Paulo.

—Tenía que ser para ti.

Paulo se queda boquiabierto. Durante un momento nadie se mueve. De repente, a pocos centímetros de Paulo, en el interior de Annie se dispara algo. Al momento siguiente, sus labios se aprietan contra los de él. Dura un segundo. Siente brotar lágrimas de sus ojos.

—Adiós —susurra.

Se gira y se va, aguantando las ganas de correr.

—Eso, vete, aplicadita —oye que dice una de las niñas.

—Madre... mía... —oye que dice otra.

Al doblar la esquina ya no se contiene. Corre, corre sin parar hasta la puerta trasera y sale a la calle con las mejillas ardiendo por el llanto.

Llega a un parque y se desploma en una banca, entre dos contenedores azules de basura. No vuelve a casa hasta después de oscurecer. Al entrar, se encuentra a su madre hecha un energúmeno.

—¿Por qué llegas tan tarde? —le grita Lorraine.

—¡Porque me apetecía! —replica Annie, también gritando.

Su madre la castiga todo un mes sin salir.

Al día siguiente, Paulo ya no está.

TODOS LOS NIÑOS tienen secretos. Y también todos los padres. Damos forma a la versión que queremos que se crean los demás, potenciando el disfraz y ocultando la verdad. Es como podemos ser queridos por nuestros parientes más cercanos y, al mismo tiempo, a veces, soslayarlos.

Desde su apresurada travesía por el país hasta sus nuevas raíces en la Arizona rural, Lorraine no abrió la boca sobre sus secretos, esmerándose al máximo en borrar su pasado. Tiró sus viejas fotos, dejó de llamar a sus amistades, no volvió a mencionar a su exmarido y no hablaba nunca del Ruby Pier.

Esperaba que el cambio de estado fuera un cambio de vida, pero lo que hemos hecho nunca lo dejamos muy atrás: va siempre con nosotros, como una sombra.

Por su parte, Annie había renunciado a sus antiguas esperanzas, y a los dieciséis años tenía asumido su papel de paria de la preparatoria. Tenía pocos amigos y pasaba mucho tiempo en casa, leyendo, con su perra *Cleo* acurrucada contra ella. Se le había desarrollado el cuerpo y, a veces, si llevaba ropa ceñida, sorprendía a los chicos mirándola. Aquella atención la desconcertaba. Estaba bien que se fijaran en ella, pero lo que quería era que la conocieran y ni siquiera le dirigían la palabra.

Un día, en clase de historia, la profesora comenzó a preguntar sobre los orígenes familiares.

—¿Y tú, Annie?

Annie se encogió en la silla. No le gustaba nada tener que intervenir en clase. Al mirar de reojo, sorprendió en un chico una de esas miradas inmaduras.

—No sé gran cosa —dijo.

Otro alumno cantó su respuesta, que coincidía con las primeras palabras de un éxito musical:

—*Don't know much…*

El resto de la clase se rio. Annie se puso roja.

—Bueno, pero no has nacido en Arizona, ¿verdad?

—No —reconoció, infringiendo una de las normas de su madre.

—¿De dónde vienes?

Desgranó unos cuantos datos, por ganas de acabar de una vez: la localidad, el número de años y de dónde creía que eran sus abuelos.

—¿Y por qué se vinieron a vivir aquí? —preguntó la profesora.

Annie se quedó de piedra. No se le ocurría ninguna mentira. Oyó que alguien se aguantaba la risa.

—No es una pregunta trampa.

—Tuve un accidente —masculló Annie.

Un silencio incómodo.

—Bueno, a ver, ¿quién más? —dijo la profesora.

Annie dejó de aguantar la respiración.

Antes del final de la clase, la profesora les puso tareas: investigar qué había pasado en el mundo el día de su nacimiento. Podían usar la biblioteca del colegio, o bien, si tenían acceso a ellos, buscadores informáticos, que eran una novedad.

Annie no tenía computadora, así que usó los microfilmes de la biblioteca. Se enteró de que el día de su nacimiento había sido el del final de una crisis en Sudáfrica y el del establecimiento de un nuevo récord en la liga por un famoso jugador de hockey. Lo apuntó.

Había que exponer los resultados al final de la semana. Annie se levantó y, después de recitar los pocos datos que tenía, se sentó, contenta de que hubiera pasado. Se quedó mirando la ventana, como ausente, hasta que oyó la frase final de la intervención de Megan, la chica que lo había estropeado todo con Paulo.

—También he usado una computadora, y he descubierto que el «accidente» de Annie fue en un parque de diversiones y que por culpa de ella se murió una persona.

Se oyeron gritos ahogados.

—¿Qué? —exclamó alguien.

A Annie le entraron unos escalofríos que le provocaron tos. No podía respirar. En su cabeza daban vueltas las miradas fijas de sus compañeros, alternando con el día en el Ruby Pier, del que revivía fragmentos: el trayecto en tren, su madre alejándose con Bob... Estaba mareada. Se le cayó el brazo del pupitre.

—Annie, ¿te encuentras bien? —dijo la profesora—. Ven aquí, ven aquí, que vamos a...

La sacó del aula a toda prisa.

ESE DÍA, AL volver a casa, Annie entró en el remolque hecha una furia, dejó caer los libros sobre la mesa y empezó a pegar de gritos sobre lo que había dicho Megan en clase. Su madre, ocupada con un fajo de recibos, se quedó muy quieta, con un bolígrafo en la mano, y al cabo de un momento continuó escribiendo y leyendo con sus gafas de lectura.

—Tú ya sabías que era un parque de diversiones —dijo.

—¿Y el resto qué, mamá?

—¿Qué de qué?

—¿Maté a alguien?

—¡Pues claro que no! —Lorraine le puso la tapa al bolígrafo—. Eso es una mentira tan malintencionada como la niña que la ha dicho.

—¿Estás segura?

—No sé ni cómo se te ocurre.

—¿Murió alguien?

—Fue un accidente grave, Annie. Había empleados, técnicos, la gente montada en los juegos… Hubo muchos afectados. Te recuerdo que fuiste una de las víctimas. Podríamos haber puesto una denuncia. Quizás hice mal en no ponerla. Cuántos recibos…

—¿Murió alguien o no?

—Creo que un empleado. Nadie que conocieras.

—¿Qué más pasó?

Lorraine se quitó las gafas.

—¿Tanta necesidad tienes de saber más detalles? ¿Ahora, así, de golpe? ¿No la hemos pasado ya bastante mal?

—¿Hemos? —chilló Annie—. ¿En serio, mamá? ¿Hemos?

—¡Sí! —contestó Lorraine, también gritando—. En serio, Annie. ¡Hemos!

—¡Mamá, que no tengo amigos! ¡Y quiero tenerlos!

—¡A mí tampoco me vendría mal tener alguno, Annie!

—¡Yo a clase no vuelvo!

—¡No irás ni a clase ni al colegio!

—¡Pues perfecto!

—¡Pues perfecto!

Estaban las dos acaloradas y respiraban con dificultad. Lorraine se levantó para ir a la cocina, abrió el grifo a toda prisa y se frotó las manos con fuerza en el chorro de agua.

—Francamente, qué manera más rara de enseñar... ¿Investigar el día que nacieron? Aprenderías más en casa.

—¡De eso ni hablar! —chilló Annie.

—Ya encontraremos algún sitio.

—¡Dios mío, mamá! ¡Dios mío!

Annie se dejó caer en el sofá y se tapó la cara con un cojín.

Esa misma semana se cambió de colegio. Como el nuevo no le gustaba, se volvió a cambiar. El tema del accidente no volvió a salir.

Sin embargo, silenciar un recuerdo no es librarse de él.

El cambio de colegios reafirmó a Annie en su determinación de quitarse de encima las restricciones de Lorraine. En el último curso encontró la manera de eludirlas por completo.

Un novio con coche.

Se llamaba Walt, tenía un año más que ella y era un chico larguirucho, de nariz puntiaguda y patillas triangulares. Pasaban juntos casi todas las tardes y los fines de semana. Walt se liaba los cigarrillos y era amante de la música grunge. A Annie la encontraba curiosa («Eres rara, pero en el buen sentido», decía), cosa que a ella le gustaba, porque collevaba atención, incluso física, la primera que le dedicaba un chico.

Para entonces ya era una muchacha alta y proporcionada, de rizos largos y rebeldes, y unos dientes rectos y bonitos que todos le alababan. Vestía de forma discreta, con preferencia por las mallas y zapatos deportivos gastados. Acabó la secundaria con un diez de promedio y un dos en el cómputo de amigos: Judy, que llevaba gafas de carey y ropa de los años cincuenta, y Brian, un genio de las matemáticas que se tocaba constantemente el bigotito.

No volvió a ver a ninguno de los dos tras la ceremonia de la graduación. Se quedó lo justo para recibir el diploma y un apretón de manos del director de la preparatoria, que le susurró:

—Suerte, Annie. Tú puedes llegar lejos.

Y llegó, llegó: bajó de la tarima y fue directamente al estacionamiento, donde la esperaba Walt junto a su Nissan de dos puertas verde.

—Pues nada, ya está —dijo él como si tal cosa.

—Menos mal —contestó Annie.

—¿Adónde quieres ir?

—Adonde sea.

—¿Tienes que llamar a tu madre?

—Le dije que no viniera, aunque lo más seguro es que se haya presentado.

—¿Aún está entre el público?

—Supongo.

Walt miró por encima del hombro.

—Pues supones mal.

Al girarse, Annie vio a su madre. Llevaba una falda, un saco turquesa y un sombrero de campana. Como se le hundían los tacones en el césped de delante de la escuela, caminaba tambaleándose.

—¡Annie! —la llamó, agitando los brazos—. ¿Qué haces?

Soplaba viento. Se sujetó el sombrero con la mano.

—Vámonos —masculló Annie.

—¿No quieres esperar?

—Te he dicho que nos vayamos.

Subió al coche y cerró de un portazo. Walt arrancó. Lorraine se quedó con la mano en el sombrero, viéndolos pasar como una exhalación junto a un cartel donde decía «¡Enhorabuena, graduados!».

Annie tardó un año en volver a hablar con ella.

DURANTE ESE TIEMPO se fue a vivir con Walt al sótano de la casa del padre de él, un bungalow pequeño, de época, que quedaba a una hora del parque de remolques. Consciente de que la distancia hacía imposible encontrarse con su madre por casualidad, Annie disfrutaba de la libertad que le otorgaba aquella sensación. Se cortó el pelo de cualquier manera y se lo tiñó de violeta. Walt le regaló una camiseta donde se leía «no te debo nada», que Annie se ponía mucho.

El padre de Walt trabajaba por las noches en una lechería. Walt arreglaba coches cerca, en un taller. Gracias a sus notas, Annie consiguió una beca en un centro de enseñanza superior de la zona, donde estudió literatura y fotografía, con la ilusión de llegar a hacer fotos para alguna revista de viajes. Quizá pudiera ir a Italia, averiguar dónde vivía Paulo, presentarse con una cámara y decir: «Pero bueno, ¡qué coincidencia!».

Al pasar los meses se planteó llamar a su madre, sobre todo cuando Walt se portaba como un niño y se enfadaba por la comida o se negaba a pasar por la ducha antes de salir con ella, pero al final la sed de independencia pesaba más que la necesidad de consejos, como en tantas chicas de su edad. Además, ¿quién era su madre para hablarle de hombres? Annie ya sabía lo que le diría y no podía soportarlo: «¿Seguro que es así como quieres vivir, Annie? ¿En el sótano de tu novio?».

Llegó el verano, y un día Annie se plantó en el hospital para darle una sorpresa a su tío Dennis, que desde hacía unos años daba consulta en Arizona. Eran más de las cinco. Como no había nadie en recepción, fue directamente al consultorio de su tío y llamó a la puerta.

—¿Sí? —oyó contestar a una voz en sordina.

Giró el picaporte.

—¡Annie! —dijo Dennis, abriendo mucho los ojos.

—Hola, es que pasaba por...

Annie se calló de golpe, con un nudo en la garganta. A pocos centímetros, sentada en una silla, estaba su madre: demacrada, con los ojos hundidos; de debajo de un suéter azul y de unos pantalones marrones, sobresalían unos brazos y unas piernas de una delgadez que Annie nunca había visto, una delgadez enfermiza, como si la hubieran derretido.

—Hola, cariño —dijo Lorraine sin fuerzas. Miró a su hermano—. Bueno, pues al final no tendrás que decírselo.

EL CÁNCER HABÍA atacado a Lorraine tan deprisa que a los seis meses estaba demasiado extendido para cualquiera de los tratamientos que se conocían. A esas alturas, más que curarla, se trataba de ahorrarle sufrimientos.

Anonadada por aquel giro tan brusco, Annie no supo cómo reaccionar. Se sentía culpable por no haber estado con su madre, y en la obligación de dedicarle todo el tiempo que pudiera. Ir a buscarle algo a la farmacia. Quedar para tomar un café después de trabajar. De repente se reintegraron a sus respectivas órbitas, aunque lo importante de sus conversaciones no era tanto lo dicho como lo no dicho.

—¿Qué tal el té? —le preguntaba Annie.

—Muy bueno —contestaba Lorraine.

—¿Qué tal las clases? —le preguntaba Lorraine.

—Muy bien —contestaba Annie.

Ninguna de las dos tenía fuerzas para afrontar las emociones que se les quedaban dentro. Se trataban con educación. Se daban besitos en la mejilla. Annie le abría la puerta del coche y le daba el brazo al caminar. Con más tiempo, quizás el muro entre las dos se hubiera derrumbado.

Pero el mundo no se atiene a nuestro ritmo.

—Te quiero, Annie —dijo Lorraine una noche, con voz ronca, cuando Annie le servía un plato de verdura salteada.

—Come —le contestó Annie—, que necesitas fuerzas.

—El amor es fuerza —dijo Lorraine.

Annie tocó el hombro de su madre. Parecía que no hubiera casi piel, de tan afilado como se palpaba el hueso.

Dos días después, la despertó su celular antes del despertador.

—Más vale que vengas al hospital —dijo Dennis en voz baja.

Se vino abajo y rompió a llorar. Annie también.

FUE POCA GENTE al cementerio, por el secretismo en que Lorraine había sumido su vida y la de Annie. Los únicos que se encontraban al lado de la tumba, mientras un sacerdote entonaba una oración, eran Annie, Walt, el tío Dennis y unos cuantos compañeros del trabajo.

—Qué curioso —dijo Lorraine cuando apareció la escena ante ella y Annie—. Siempre piensas cómo será tu entierro. Cuánta gente habrá, quién vendrá, y al final da lo mismo. Después de morirte, te das cuenta de que los funerales son para todos menos para ti.

Vieron cómo sollozaba Annie contra el hombro de su tío, enfundada en un vestido negro.

—Qué triste estabas —comentó Lorraine.

—Pues claro.

—Entonces, ¿por qué me rechazaste tanto tiempo?

—Lo siento, mamá.

—Eso ya lo sé. Lo que te pregunto es por qué.

—Ya lo sabes. —Annie suspiró—. Me hacías pasar vergüenza. Me agobiabas. Si quería hacer algo con otras personas, nunca me dejabas. Me tenías prohibidas todas las diversiones. Me sentía prisionera de mi propia infancia.

»No podía hacer amigos. Lo tenía todo prohibido. Le parecía rara a todo el mundo: la niña pegada a su madre a todas horas —Annie levantó la mano izquierda—. Esto tampoco es que ayudara.

Lorraine apartó la vista. La imagen del cementerio se desvaneció.

—¿Qué sabes de ese día en realidad?

—¿El del Ruby Pier?

—Sí.

—Te recuerdo que nada. Es el gran agujero negro de mi vida. Lo que está claro es que tú no querías hablar.

Fuimos en un tren. Compramos las entradas y luego me desperté en el hospital, llena de vendas.

Annie sintió reavivarse una antigua rabia. Sacudió la cabeza. ¿Qué sentido tenía la rabia en el cielo?

—Ya está. Eso es lo que sé —rezongó.

—Pues yo sé más —dijo su madre, y le tomó la mano—. Y ya es hora de que te lo explique.

La tercera lección

VOLVIERON DE GOLPE al Ruby Pier, donde brillaba el sol con toda la fuerza del verano. El primer plano lo ocupaba un malecón de madera largo y ancho, repleto de bañistas. Había padres empujando cochecitos y gente haciendo *jogging* y circulando en patineta entre la multitud.

—¿Conozco a alguien? —preguntó Annie.

—Mira abajo —dijo su madre.

Debajo del malecón, Annie vio a su madre de joven, caminando por la arena de la mano de Bob, el hombre del tren. Iba descalza, con los zapatos en la mano. Bob se arrimaba constantemente a ella. Lorraine se apartaba por coquetería. En un momento dado, miró su reloj y luego el mar. Bob la tomó por la barbilla y la hizo girarse para besarla apasionadamente en la boca.

—¿Alguna vez has tenido ganas de recuperar un momento? —preguntó Lorraine, que observaba la escena al lado de su hija—. ¿Un momento en el que te parezca mentira la poca importancia de lo que hacías y lo decisivo que sería lo que te estabas perdiendo?

Annie asintió con la cabeza.

—Pues el mío es éste —dijo su madre—. En ese momento pensaba en ti. Me acuerdo porque mi reloj marcaba las 15:07. Tu cumpleaños. El siete de marzo. Pensé: «Tengo que volver con Annie».

—Pero no volviste.

—No —dijo Lorraine en voz baja—. No volví.

Siguieron mirando los arrumacos y los besos en el cuello que le daba Bob a Lorraine. La estiró por el brazo y se dejaron caer en la arena.

—Desde que nos abandonó tu padre, me equivoqué en muchas decisiones —dijo Lorraine—. Tenía la sensación de que nadie me querría, de no ser atractiva. Me parecía que al ser madre soltera no interesaría a los hombres y se me fue la mano. Los perseguía sin parar. Quería cambiar de vida.

Annie recordó la sucesión de pretendientes que llegaban cuando ella ya se había acostado. Annie salía de su habitación sin hacer ruido y, espiando desde la escalera, veía que su madre se iba con otro hombre y que una niñera cerraba la puerta.

—Aún era joven —dijo Lorraine—. Quería empezar desde cero. Quería cosas que no había tenido con tu padre: seguridad, cariño... Él había preferido a otras mujeres, y supongo que en el fondo quise demostrar que se perdía algo.

»Fue una tontería. El amor no es venganza. No se puede tirar como una piedra. Tampoco puedes crearlo para que resuelva tus problemas. Forzar el amor es como arrancar una flor y empeñarse luego en que crezca.

Debajo del paseo, Bob dejó de manosear a Lorraine lo justo para quitarse el saco y extenderlo en la arena para sentarse encima. Annie se fijó en que su madre joven se agarraba de los codos y que de repente ponía cara de susto.

—Me vino de golpe a la cabeza —dijo Lorraine—. Era lo mismo que había hecho tu padre la primera vez que estuvimos juntos. Una playa. Su saco. Sentados en la arena. Así fue como empezó todo.

»Me di cuenta de que estaba haciendo las mismas tonterías que con él. ¿Por qué iba a salir de otra manera?

Miró a Annie a los ojos.

—Lo siento, cariño. Estaba tan desesperada por encontrar a otra persona que me quisiera que se me olvidó que ya tenía a la mejor: tú.

—Mamá —susurró Annie—. No tenía ni idea.

Lorraine asintió.

—Yo tampoco mucha, hasta ese día.

Señaló otra vez el malecón. Vieron que Lorraine se levantaba deprisa y recogía los zapatos, y que Bob la sujetaba por las piernas con cara de enfado, hasta que ella se soltaba y se marchaba corriendo. Entonces Bob daba un puñetazo en la arena, que saltaba y le caía sobre los pantalones.

—En ese momento, Annie, lo único que quería era ir a buscarte, llevarte a casa y comprarte un helado. Quería que fueras la niña más feliz del mundo.

»Fue como si se hubiera levantado un telón. Podía prescindir perfectamente de todos esos hombres que no eran los que necesitaba y de tanta tontería y coqueteo por teléfono. Por fin veía las cosas claras.

—¿Y qué pasó? —preguntó Annie.

Lorraine apartó la vista.

—Ver las cosas claras no significa verlas a tiempo.

VIERON QUE LA versión joven de Lorraine se daba prisa en llegar al Ruby Pier. Pasó a su lado una ambulancia con las luces encendidas. Había policías hablando a gritos por sus radios. Lorraine iba y venía sin saber qué hacer mientras pasaban multitudes por el paseo central. Se abrió camino por la marea de curiosos, pasando al lado de los carritos chocones, de las tazas y del pabellón de comida sin dejar ni un momento de gritar: «¡Annie...! ¡Annie...!».

Finalmente, tras una hora de búsqueda infructuosa, vio a un policía hablando con un trabajador del parque, un joven enjuto en cuya placa de identificación decía «Domínguez». Estaban al lado de una cinta amarilla. El joven tenía los ojos llorosos.

—¿Me pueden ayudar? —los interrumpió Lorraine—. Perdonen, ya sé que están muy ocupados con lo que ha pasado, que no sé qué es, pero no encuentro a mi hija. He buscado en todas partes. Estoy preocupada.

El policía miró a Domínguez de reojo.

—¿Cómo es? —preguntó.

Lorraine describió a Annie: los pantalones recortados, la camiseta verde lima con un pato delante...

—Dios mío —susurró Domínguez.

ANNIE VIO QUE el cielo adquiría un color rojo mate.

—Es cuando más bajo he caído en toda mi vida —dijo su madre—. Cuando más me necesitaba mi hija, estaba con un hombre que ni siquiera me gustaba.

»Cuando llegué al hospital, ya te estaban operando. Tuve que preguntar qué hacían. Yo, tu madre. Preguntando como una vulgar desconocida. Cómo lloré... No sólo por tu sufrimiento, Annie, sino por mi humillación.

»¿Te acuerdas de todas esas reglas? ¿De todos los límites y los toques de queda que te impuse? Pues la causa era ese día. No quería volver a equivocarme nunca.

—Sólo sirvió para que te odiase —dijo Annie en voz baja.

—No más de lo que yo me odiaba a mí misma. No te había protegido. Te había dejado sola. Desde entonces, nunca pude volver a considerarme una buena madre.

»Estaba tan avergonzada... Me obligaba a ser dura contigo, cuando lo que intentaba era serlo conmigo misma. Los arrepentimientos nos ciegan, Annie. No nos damos cuenta de que al castigarnos, castigamos a otras personas.

Annie reflexionó un momento.

—¿Es lo que has venido a enseñarme?

—No —dijo Lorraine en voz baja—. Sólo te estoy explicando mi más doloroso secreto.

Annie se quedó mirando el rostro joven de su madre, sin una sola arruga, como el de una mujer menor de treinta años, y se sintió llena de algo que aún no había experimentado en el más allá: la necesidad de confesar.

—Yo también tengo un secreto —dijo.

ANNIE SE EQUIVOCA

TIENE VEINTE AÑOS y está embarazada. Una mujer mayor a punto de entrar en el consultorio le sujeta la puerta.

—No hace falta —dice Annie al salir.

—No pasa nada —contesta la mujer.

Annie se toca la barriga. No era nada planeado. Walt y ella aún vivían en el sótano. Su relación funcionaba por inercia: a falta de mejores opciones, era más fácil continuar que romper.

Un día, al sentirse más cansada de lo normal, fue al dispensario de la universidad, pensando que tenía gripe. Le hicieron un análisis de sangre. Volvió el día siguiente.

—Bueno, gripe no es —empezó a explicar un médico.

El resto del día lo pasó escondida en la biblioteca, apretándose el vientre con una mano y un pañuelo de papel con la otra. «¿Embarazada?», pensó. Estaba demasiado deprimida para moverse. Sólo se levantó y volvió a su casa con dificultad, cuando se acercó un conserje y le dijo:

—Vamos a cerrar.

La conversación con Walt no tuvo nada de satisfactoria. Después de una risa nerviosa y de una retahíla de palabrotas, estuvo media hora subiendo y bajando la escalera como un energúmeno. Al final aceptó casarse con Annie por el bien de la criatura.

—Antes de que se me empiece a notar —insistió ella.

—Bien, está bien —dijo Walt.

El mes siguiente fueron a un juzgado (como Lorraine y Jerry décadas antes) y firmaron unos papeles. Dos semanas después lo hicieron público.

Walt se lo contó a su padre.

Annie no se lo contó a nadie.

Al igual que su madre, tenía por delante una maternidad no deseada. Al igual que su madre, tenía un marido no precisamente entusiasmado. A veces tenía ganas de que Lorraine aún estuviese viva. Le habría gustado preguntarle qué podía esperar. La mayor parte del tiempo, sin embargo, se alegraba de que su madre no pudiera verlo. No podría haber aguantado su decepción, y menos el «¿No te había avisado de que tomaras precauciones?» que estaba segura de que le diría. Annie se había convertido en la personificación de todas las fobias de su madre, una hija alocada que no tenía bastante cuidado y que ahora tenía el teléfono de su ginecólogo en un post-it, en el sótano de su suegro.

Walt se volvió tan dócil como un cachorro al que han regañado. De noche, al volver a casa, hablaba muy poco. Prefería pasar horas delante de la tele, con el cuerpo tan metido en el sofá que parecía otro cojín más. Annie no reaccionaba. ¿De qué habría servido? Al final se había convencido de que vivir con un hombre tenía más de tolerancia que de romanticismo y de que el matrimonio era una desilusión, otra más en el camino.

En el consultorio del médico, la mujer mayor que sujeta la puerta a Annie le sonríe.

—¿Cuánto tiempo llevas embarazada?

—De siete meses.

—Pues ya falta poco.

Annie asiente.

—Bueno, que haya suerte —dice la mujer.

Annie se aleja. Hace mucho tiempo que no se siente afortunada.

Por la noche se salta la cena y decide armar una estantería de plástico de Ikea. Al girarse siente un dolor agudo en el abdomen, que la hace doblarse en dos.

—Oh, no... —gime—. No... no... ¡Walt!

Walt la lleva a toda prisa al hospital. Deja el coche en la entrada de urgencias. Sin darse cuenta, Annie está en una camilla. La llevan por un pasillo.

El bebé nace justo después de las doce: un niño, muy pequeño, de menos de un kilo y medio. Annie no lo ve hasta después de unas horas, dentro de una incubadora, en la unidad de cuidados intensivos neonatales. Al ser prematuro no se le han desarrollado del todo los pulmones.

—Tenemos que ayudarlo a respirar —dice un médico.

Annie se queda sentada con su bata azul del hospital, sin apartar la vista de la incubadora. ¿Ya es madre? ¿De verdad? Ni siquiera puede tocar a su hijo. Lleva unos tubos para alimentarlo y medicarlo, una cinta blanca que cruza sus mejillas sonrosadas para sujetar un dispositivo de respiración y un gorro azul, pequeño, pequeñísimo, que le tapa la cabeza y las orejas para que no sienta frío. Annie se siente excluida. De todo se ocupan los aparatos.

Anochece, vuelve a amanecer y Annie sigue sentada, sin moverse, mientras desfilan médicos, enfermeras y personal hospitalario.

—¿Quieres llamar a alguien? —pregunta una enfermera.

—No.

—¿Quieres un café?

—No.

—¿Quieres descansar un poco?

—No.

Lo que quiere, más que nada, es meter la mano bajo la campana y salir corriendo con aquel bebé diminuto. Piensa en su madre, en cuando hicieron las maletas y desaparecieron.

A las 10:23 empieza a pitar un monitor. Entra una enfermera, seguida por otra y un médico. A los pocos minutos se llevan la incubadora a cirugía y le dicen a Annie que espere.

El bebé ya no vuelve.

A los tres días de su nacimiento, la menuda criatura muere. Los médicos, muy serios, insisten en que han hecho todo lo posible.

—Es lo más duro —susurran las enfermeras.

Annie soporta, estoica, su compasión y la imagen de la habitación vacía.

—Caray, es que no lo puedo creer —oye farfullar a Walt, una y otra vez.

Escruta las ventanas, el suelo y los fregaderos de metal. Se queda mirando los objetos como si los perforara con la vista, hasta que al cabo de unas horas se acerca con cautela una trabajadora social con un portapapeles, en busca de unos datos necesarios para el «papeleo», es decir, el cerficado de defunción.

—¿*Cómo se llamaba el niño?* —*es su primera pregunta.*

Annie parpadea. No había elegido ningún nombre. La pregunta le parece el examen más difícil del mundo. Un nombre. ¿Un nombre? Por alguna razón, el único que se le ocurre es el de su madre, Lorraine. Su boca escupe algo parecido.

—*Laurence* —*farfulla.*

—*Laurence* —*repite la enfermera.*

«Laurence», piensa Annie. La palabra le golpea como un brusco chorro de agua. A partir del momento en el que tiene un nombre, el bebé es real. Y a partir del momento en que es real, se ha muerto de verdad.

—¿*Laurence?* —*susurra Annie como si preguntase por él.*

Rompe a llorar y no habla en varios días.

CUANDO ANNIE ACABÓ de contarlo, se dio cuenta de que volvía a llorar como en el hospital. Al llegar al suelo, sus lágrimas formaron un charco, y éste un riachuelo, y éste un río de color turquesa, límpido hasta el fondo. En la orilla aparecieron árboles de hojas anchas y colores vivos, que se abrían como paraguas.

—Has esperado mucho para contármelo —dijo Lorraine.

—Una eternidad —susurró Annie.

—Ya lo sé. Lo notaba.

—¿Aquí?

—Sí, incluso aquí.

—Al único que se lo dije fue al tío Dennis. Ni siquiera se lo expliqué a Paulo. No podía.

Lorraine miró los árboles.

—Secretos. Creemos que guardándolos podemos controlarlos, pero siempre son ellos los que nos controlan a nosotros.

—El bebé no podía respirar —dijo Annie—. Después de la caída en globo, cuando me dijeron que Paulo no podía respirar, reviví todo aquello y dije lo que querría haber dicho entonces: «Usen mis pulmones. Déjenme respirar por él. Sálvenle la vida».

Se giró con una expresión de súplica.

—Mamá, ¿ha sobrevivido Paulo? Dímelo, por favor. Si lo sabe alguien eres tú, ¿no?

Lorraine le tocó la mejilla.

—No me corresponde a mí saberlo.

ESTUVIERON UN MOMENTO sin hablar. Lorraine sumergió la mano en el agua del río.

—¿Te he explicado alguna vez por qué te puse el nombre de Annie?

Annie sacudió la cabeza.

—Por una mujer que se tiró a las cataratas del Niágara en un barril. Tenía sesenta y tres años y era viuda. Quería hacerse famosa y ganar dinero para su vejez. Mi abuela siempre decía: «Qué vieja más valiente». Era lo que quería para ti, valor.

Annie frunció el ceño.

—Pues me parece que no he cumplido las expectativas.

Lorraine arqueó las cejas.

—Al contrario.

—Mamá, por favor. He sido de todo menos valiente. Hui, viví en un sótano, me casé por lo que no tenía que casarme, tuve un hijo demasiado pronto y ni eso lo hice bien. He sido una inútil durante mucho tiempo.

Su madre se cruzó de brazos.

—¿Y luego?

Luego, a decir verdad, Annie empezó a encontrar su sitio. La boda con Walt fue anulada después de que él alegara haber sido coaccionado por el embarazo. Firmaron papeles y Walt pidió recuperar sus pantalones deportivos.

Annie se instaló en casa de su tío Dennis. Durante los primeros meses se quedaba todo el día en la cama. Estaba de luto por su bebé, por su madre y por su incapacidad de imaginar un futuro. ¿Qué habría podido hacerla salir a la calle? Cualquier idea le parecía pequeña, intrascendente. Estaba en carne viva.

Pero lo que está en carne viva está abierto.

Terminó el invierno, llegó la primavera y se acercó el verano. Annie empezó a levantarse más temprano. Por la ventana de su cuarto veía salir a su tío hacia el hospital. Aún se acordaba de cuando Dennis se había mudado a Arizona. Entonces ella iba a la preparatoria y le preguntó por qué se iba del Este, si era donde había crecido.

—Mi familia es tu madre —dijo él.

Annie tuvo ganas de contestar: «Lo dices en broma, ¿no? ¿Te viniste a vivir aquí por ella?». Ahora se alegraba de la decisión de su tío. Si no, ¿a quién habría podido recurrir?

Por las noches oía sus conversaciones telefónicas con sus pacientes. Dennis respondía con calma a sus preguntas y al final decía muchas veces: «Para eso estamos». Era algo de lo que Annie se enorgullecía. Dennis era buena persona. Cada vez lo admiraba más. Con el tiempo, en el cerebro de Annie arraigó una semilla. «Para eso estamos.»

Una noche bajó a la cocina y se encontró a Dennis viendo un partido de futbol americano en un televisor pequeño.

—Hola —le dijo él y apagó la tele.

—¿Te puedo hacer una pregunta? —dijo Annie.

—Claro que sí.

—¿Es muy difícil ser enfermera?

EN EL RÍO azul del más allá, Lorraine ahuecó las manos, las llenó de agua y miró cómo se escurría entre sus dedos.

—¿Éste es tu cielo? —preguntó Annie.

—Es bonito, ¿verdad? Después de una vida llena de conflictos, lo que quería era serenidad. Aquí disfruto de una calma que en la Tierra nunca tuve.

—¿Y has estado esperándome todo este tiempo?

—¿Qué es el tiempo entre una madre y una hija? Nunca es demasiado, ni bastante.

—Mamá…

—¿Qué?

—Tú y yo hemos peleado mucho.

—Ya lo sé —Lorraine tomó la mano izquierda de Annie y la metió en el agua—. Pero ¿es el único recuerdo que tienes?

Annie sintió flotar sus dedos y también su mente. En el reflejo del agua sólo veía escenas de afecto, incontables recuerdos: su madre dándole un beso de buenas noches, desenvolviendo un nuevo juguete, dejando caer crema en las crepas, montando a Annie en su primera bicicleta, remendando un vestido roto, compartiendo un lápiz de labios, sintonizando la emisora de radio favorita de Annie… Era como si alguien hubiera abierto una caja fuerte que les permitía observar todos aquellos recuerdos entrañables a la vez.

—¿Por qué no lo había sentido antes? —susurró.

—Porque nos aferramos más a nuestras cicatrices que a curarnos —dijo Lorraine—. Nos acordamos del día exacto en que nos hicimos daño, pero ¿quién se acuerda del día en que desapareció la herida?

»Desde el día en que te despertaste en el hospital, ni yo fui la misma contigo ni tú conmigo. Estabas de mal humor, furiosa. Te peleabas conmigo sin parar. Odiabas mis restricciones. Pero ¿verdad que no era el auténtico motivo de tu rabia?

Lorraine bajó la mano y la cerró alrededor de los dedos de Annie.

—¿Puedes revelar el último secreto? ¿Puedes explicar la auténtica razón del rencor que sentiste desde lo del Ruby Pier?

A Annie se le hizo un nudo en la garganta. Contestó con un hilo de voz.

—Que no estuviste para salvarme.

Lorraine cerró los ojos.

—Exacto. ¿Puedes perdonármelo?

—Mamá...

—¿Qué?

—No te hace falta oírlo.

—No, es verdad —dijo suavemente Lorraine—. Pero a ti sí.

Annie rompió otra vez a llorar. Eran lágrimas liberadoras, la bendita expulsión de unos secretos contenidos muchos años. Comprendió los sacrificios hechos por Lorraine antes y después del día en el Ruby Pier: poner fin a su matrimonio, renunciar a su casa y prescindir de sus amistades, su historia personal y sus deseos, convirtiendo a Annie en su única prioridad. Pensó en el entierro, con tan pocos asistentes, y en hasta qué punto la vida de su madre había estado al servicio de proteger la suya.

—Sí, sí, mamá, te perdono. Pues claro que te perdono. No lo sabía. Te quiero.

Lorraine juntó sus manos.

—¿En paz?

—En paz.

—Eso —dijo sonriendo— es lo que he venido a enseñarte.

JUSTO ENTONCES, LORRAINE se separó del suelo y estuvo flotando unos instantes por encima de Annie, hasta que, tras tocar por última vez la barbilla de su hija, volvió a dilatarse en el cielo y todo el firmamento quedó ocupado de nuevo por su cara.

—Tengo que irme, ángel mío.

—¡No! ¡Mamá!

—Tienes que reconciliarte.

—Pero ¡si ya nos hemos reconciliado!

—Hay alguien más.

Annie no tuvo tiempo de contestar, porque de pronto el río corría más deprisa y llovía a cántaros. Lanzada a un lado por un fuerte viento, casi no veía nada por la lluvia. Notó un impacto brusco en la cadera. Era un barril grande de madera. Lo puso boca arriba y se refugió en su interior. Dentro, las paredes estaban manchadas por una sustancia marrón y todo estaba acolchado con viejos cojines que le parecieron de la época en que hizo su famoso viaje su tocaya. Con un poco de esfuerzo se sentó, sintiendo debajo de su cuerpo el fragor del río.

El barril se puso en movimiento con una sacudida.

Annie oía la tormenta y el impacto cada vez más fuerte del agua contra las rocas, amenazante y ensordecedor. Experimentó algo que hasta entonces no había sentido en el cielo: miedo en estado puro. El barril salió disparado por una gran cascada, con un ruido tan brutal y tan compacto que parecía estar bramando el mismísimo Dios. A merced de semejante impulso, sin nada debajo, Annie percibió el total abandono de una caída libre. Estaba indefensa, sin poder controlar nada.

Empujada contra las paredes del barril, miró hacia arriba y, a través de una bruma de agua blanca, vio el rostro de su madre, que la estaba mirando y que le susurró una sola palabra.

—Valor.

DOMINGO, 14:14 HORAS

TOLBERT SE APARTÓ de los policías y vomitó junto a la patrulla.

Acababa de ver una carnicería que nunca se le borraría de la memoria. El prado, verde y espacioso, estaba cubierto de quemaduras como cicatrices. En el centro había una cesta para pasajeros, tan chamuscada que a duras penas se reconocía, y a su alrededor los restos de su majestuoso globo, deshecho en oscuras tiras.

Un testigo presencial del accidente, un corredor con una camiseta Reebok amarilla, se lo había descrito a la policía en los siguientes términos: «El globo chocó con algo en esos árboles de allá y vi un fogonazo. Entonces bajó, chocó contra el suelo y volvió a subir. Se cayó una persona. A otra la aventaron. Supongo que la última saltó. Luego se incendió todo».

El corredor lo grabó en video con su celular y llamó a urgencias. A los tres pasajeros, dos hombres y una mujer, se los llevaron rápidamente al hospital universitario.

Tolbert se debatía entre el *shock* y la rabia. No entendía de dónde podían haber salido dos clientes. A esas horas de la mañana y sin reservación… «Pero ¿qué le ha pasado a Teddy por la cabeza? Sólo he estado fuera unas horas.»

Se pasó varias veces las palmas por la cara. Luego volvió junto a los policías.

—Si no me necesitan para nada, tengo que ir al hospital —dijo.

—Lo llevo yo —dijo uno de ellos.

—Está bien.

Tolbert subió a la patrulla y se recostó en el asiento, sin haber asimilado aún del todo aquella tragedia dominical ni ser consciente de su papel dentro de ella.

La siguiente eternidad

EL BARRIL DE madera rompió la superficie del agua y se sumergió en silencio. Al salir por el hueco, Annie penetró en unas profundidades enormes y verdosas, que más que la base de una catarata parecían un mar. Agitó los brazos y giró la cabeza, imprimiendo a su pelo un movimiento como de tentáculos. Vio un círculo de luz arriba, como el final de un telescopio. Fue la meta hacia la que nadó.

Cuando salió a la superficie, su piel se secó inmediatamente. Las aguas se retiraron. De repente estaba de pie en la orilla de un gran mar gris, con unos pantalones recortados y una camiseta verde lima que tapaba el vacío de su torso. El cielo era de un azul estival, perfectamente iluminado, aunque no por el sol, sino por una sola estrella blanca.

Sintió la arena debajo de sus pies y una suave brisa en las mejillas. Cuando empezó a moverse por la playa, se abrió ante su mirada un muelle espléndido, con torres doradas, agujas, cúpulas, una montaña rusa de madera y un juego de paracaídas.

Era un parque de diversiones antiguo, como al que iba de pequeña. Le recordó a su madre. Por fin se habían reconciliado. Se había quitado un gran peso de encima. Sin embargo, ahora su madre ya no estaba. Qué injusto le pareció... ¿De qué servía el cielo y su sucesión de cinco personas si las cinco te abandonaban justo cuando tenías el consuelo a tu alcance?

«Tienes que reconciliarte», le había dicho su madre. ¿Por qué? ¿Con quién? El único deseo de Annie era que parara todo aquello. Estaba cansada y sin fuerzas, como al final de un día largo y difícil.

Fue a dar un paso y tropezó con algo en la arena. Al mirar hacia abajo vio una lápida de piedra. El agua del mar pasó sobre ella, revelando dos palabras:

Eddie

Mantenimiento

—Eh, muchacha —dijo una voz áspera—, ¿te importa no pisar mi tumba?

ANNIE SE EQUIVOCA

Tiene veinticinco años y trabaja en un hospital. El tío Dennis la ayudó a pagarse los estudios de enfermería y, para su sorpresa, se encuentra muy a gusto en la profesión. A decir verdad, siempre se le habían dado bien las ciencias, así que la parte médica de los estudios no fue ningún suplicio. Lo que es una revelación es su actitud con los pacientes. Los escucha atentamente, les acaricia las manos, se ríe de sus chistes, se compadece de sus quejas... En parte se debe a haber buscado durante su infancia una intimidad que no encontró. Como enfermera, son los pacientes quienes buscan que les haga caso, los consuele y haste les dé consejos. Cosas que ella hace con mucho placer.

Su superior, Beatrice, es una sureña corpulenta que usa un lápiz de labios de color rojo vivo y lleva blusas de manga corta hasta en invierno. Tiene un sentido del humor afable y siempre la felicita por su trabajo.

—Los pacientes confían en ti —le dice a Annie—, lo cual ya es mucho.

A Annie le cae bien. A veces se quedan hablando hasta altas horas de la noche en la sala de descanso. Una de esas veces sale el tema de los recuerdos reprimidos. Annie le pregunta si cree que existen y Beatrice contesta que sí.

—Gran parte de lo que hace la gente es por cosas de las que no se acuerda —dice—. Yo creo que le pasa a la mitad de mi familia.

Annie decide aludir a su trauma de infancia.

—A mí, a los ocho años, me pasó algo.

—¿Ah, sí?

—Un accidente. Grave. Por eso estoy así.

Le enseña a Beatrice las cicatrices de la mano.

—¿Aún te molesta?

—Cuando hace frío. Y si no muevo los dedos...

—Me refiero a lo que pasó.

—Bueno, es que es eso, que no sé qué pasó. Lo tengo bloqueado.

Beatrice piensa un momento.

—Hay gente que se dedica a escuchar esas cosas.

—Sí, pero...

Annie se muerde el labio.

—¿Qué?

—Hay algo más.

—¿Qué?

—Creo que murió una persona.

Beatrice abre mucho los ojos.

—Bueno, eso sí que tiene sustancia.

—Si hablara con alguien...

—¿Te da miedo lo que podrías averiguar?

Annie asiente.

—Pues mira, cariño, igual tu cerebro lo bloqueó por eso.

Beatrice apoya su palma en la mano lisiada de Annie.

—*Cuando estés preparada para acordarte, lo recordarás.*

Annie sonríe a la fuerza, aunque se pregunta si Beatrice pasará a verla con peores ojos, como una mujer con un secreto que se esconde a sí misma.

La cuarta persona que Annie encuentra en el cielo

—Bueno, no es que sea mi tumba de verdad.

Al girarse, Annie vio sobre la arena a un hombre mayor y achaparrado, con los brazos cruzados en el pecho como dos aletas. Llevaba un uniforme marrón claro y una gorra de tela. El hombre de su boda. El que veía en todas partes.

—Sí que es donde me morí —añade él—. Bueno, allá, en el parque. Esta lápida me la hicieron mis compañeros de trabajo por mi cumpleaños. Como siempre los llamaba «pesados», me regalaron este ladrillo. Vaya pandilla de guasones.

Encogió sus hombros gruesos. Tenía el pelo blanco, las orejas grandes y la nariz chata, con el puente torcido, como si se la hubiera roto más de una vez. Las arrugas de al lado de los ojos le bajaban hasta las patillas. Una sonrisa afable las tensó hacia arriba.

—Hola, niña —dijo, como si la conociera.

—Estaba en mi boda —susurró Annie—. Me saludó con la mano.

—Te esperaba mayor.

—¿Mayor?

—Eres muy joven para estar aquí.

—He tenido un accidente.

Annie apartó la vista.

—A mí me lo puedes contar —dijo él.

—Un globo. Se ha incendiado. Íbamos dentro mi marido y yo.

—¿Y?

—Él ha salido herido. De mucha gravedad. No podía respirar.

—¿Y tú?

—Me han extirpado un pulmón. Para salvarlo. Me imagino que durante el trasplante me habré...

El viejo levantó una ceja.

—¿Muerto?

Annie aún se estremecía al oír la palabra.

—Sí. A mi marido no sé qué le ha pasado. De lo único que me acuerdo es del quirófano y de que un médico me ha tocó los hombros y me dijo: «Dentro de un segundo nos vemos». Como si me fuera a despertar en pocas horas. Pero no.

—A ver si lo adivino —dijo el viejo y se frotó la barbilla—. Has estado preguntando a todos los del cielo: «¿Mi marido ha sobrevivido? ¿Lo he salvado?».

—¿Cómo lo sabe?

—Porque yo, al llegar, también encontré a cinco personas. Y antes de acabar le hacía la misma pregunta a cada una, porque no me acordaba de mis últimos segundos en la Tierra: «¿Qué ha pasado? ¿He salvado a la niña? ¿O ha sido toda mi vida un desperdicio?».

—Un momento —dijo Annie—. ¿La niña?

El viejo fijó su mirada en ella. Annie no podía apartar la vista. Vio que el viejo tenía una etiqueta de tela cerca del corazón, bordada con las mismas dos palabras que las de la lápida en la playa.

—Eddie Mantenimiento —dijo.

—Niña —contestó él.

Tendió sus dedos gruesos hacia ella. Annie levantó la mano sin querer para tocárselos. Cuando sus dedos entraron en contacto, se sintió protegida como nunca lo había estado, como una cría de pájaro que se resguarda bajo un ala poderosa.

—Tranquila, muchacha —susurró el viejo—, que ahora se aclarará todo.

DESPUÉS DE UNA experiencia al borde de la muerte, mucha gente dice: «He visto pasar toda mi vida». Este fenómeno ha sido estudiado incluso por científicos, sabedores de que algunas cortezas cerebrales pueden sufrir hipoxia y pérdida de sangre, lo cual, durante un grave traumatismo, puede desencadenar un flujo de recuerdos.

Sin embargo, lo que sabe la ciencia tiene un límite. Al carecer de una buena comprensión del otro mundo, no puede explicar que, en realidad, lo que hacen nuestros ojos es asomarse a la cortina del cielo, tras la que tu vida y las de todas las personas a las que has influido se encuentran en el mismo plano, con el resultado de que ver un recuerdo equivale a verlos todos.

El día del accidente de Annie, cuando más peligro corría, Eddie, el encargado de mantenimiento del Ruby Pier, tomó una decisión en décimas de segundo: lanzarse por la plataforma de la Caída Libre y empujar a Annie para que no se le cayera un vagón encima. Lo que pasó por delante de sus ojos justo antes de morir fueron todas las interacciones que había tenido con otras personas en la Tierra.

Ahora, en el cielo, con la presión de los dedos de Eddie en los suyos, Annie también las vio.

VIO NACER A Eddie a principios de los años veinte, en el seno de una familia pobre. Vio un destello de luz en los ojos de su madre y palizas frecuentes a manos de su padre alcohólico.

Vio a Eddie en edad escolar, jugando a «las traes» con los trabajadores de las barracas del Ruby Pier. Lo vio en su adolescencia, reparando juegos al lado de su padre. Lo vio aburrido, soñando con vivir de otra manera. Vio que su padre le decía:

—¿Qué pasa? ¿Esto no es suficiente para ti?

Vio la noche en que Eddie conoció a su gran amor —una chica con un vestido amarillo, que se llamaba Marguerite—, y los vio bailar en la pista de baile Polvo de Estrellas a los compases de una *big band*. Vio interrumpido su amor por la guerra. Vio que enviaban a Eddie a combatir en Filipinas.

Vio que su pelotón era capturado y torturado en un campo de prisioneros. Vio una atrevida rebelión y cómo morían sus torturadores. Vio que Eddie incendiaba las cabañas donde los habían tenido prisioneros. Vio que recibía un disparo en la pierna al escaparse. Vio que Eddie, ya en tiempos de paz, cojeaba por culpa de las heridas y los malos recuerdos.

Vio a Eddie y Marguerite casados, viviendo juntos, muy enamorados, pero sin hijos. Y vio que Eddie, tras la muerte de su padre, no tenía más remedio que entrar en el Ruby Pier como empleado de mantenimiento. Lo vio estancado, abatido por no ser distinto a su padre, «un don nadie que no ha hecho nunca nada», como decía él, después de tantos años tratando de escapar.

Vio morir a Marguerite de un tumor cerebral antes de cumplir los cincuenta años y a Eddie con un gran vacío en su interior, a causa del dolor. Vio que se refugiaba en el trabajo y que lloraba cuando nadie lo veía, dentro de juegos a oscuras o bajo un tobogán de agua.

Vio que Eddie visitaba puntualmente el cementerio, sin fallar ni un solo día, ni a los sesenta años, ni a los setenta, ni a los ochenta: dejaba flores en la tumba de Marguerite y de camino a casa se sentaba al lado del taxista para estar menos solo.

También vio el último día de la vida de Eddie, el día en que cumplió ochenta y tres años, tiró de un cable, inspeccionó una montaña rusa, se sentó en una de las sillas de la playa e hizo un conejo con limpiapipas amarillos. Un conejo que le dio a una niña.

Cuyo nombre era Annie.

—¡Graaacias, Eddie Mantenimiento! —exclamó la niña mientras se alejaba a saltitos.

La imagen se detuvo.

—Es lo último que me dijiste en la Tierra —dijo Eddie, y le apretó la mano.

—¿Y luego qué pasó? —preguntó Annie.

Eddie le soltó la mano. La imagen desapareció.

—Vamos a caminar —dijo.

EL MAR SE retiró como si les dejara paso. Caminaron por la costa, alumbrados por la única estrella del firmamento azul. Eddie explicó su viaje al cielo. Le contó a Annie que él también había encontrado a cinco personas, entre ellas un trabajador de una barraca de feria con la piel azul, su antiguo capitán del ejército y la Ruby que había dado nombre al Ruby Pier. Al final ya no pensaba casi nada de lo que había pensado acerca de su vida.

Acto seguido, Eddie se interesó por la de Annie. Dijo haberse preguntado muchas veces a qué había dedicado los siguientes años. Annie, que se encontraba cómoda en su presencia, habló de muchas cosas: de su primera infancia, que recordaba divertida y despreocupada, y de su vida después del accidente, muy distinta.

—¿Qué cambió?

—Todo —levantó la mano—. Empezando por esto.

Eddie rodeó la muñeca de Annie con su palma carnosa y estudió las cicatrices como quien descubre un mapa perdido.

—Desde entonces —dijo ella— empezó a salirme mal todo lo que intentaba. No conseguía hacer amigos. Estaba en guerra con mi madre. Estuve casada y fue un horror. Perdí...

Eddie levantó la vista.

—Perdí un hijo. Tuve una depresión. Renuncié a ser feliz hasta que me reencontré con Paulo y pensé que era mi oportunidad. Lo conocía. Confiaba en él. Estaba enamorada.

Annie hizo una pausa.

—Estoy enamorada.

Eddie le soltó la muñeca. Ponía cara de estar reflexionando.

—¿Te gustaría tenerla como antes? Tu mano, digo. Si pudieras.

Annie lo miró fijamente.

—Qué raro. Paulo me hizo la misma pregunta, de pequeños.

—¿Y qué le dijiste?

—Lo mismo que diría ahora: que por supuesto. ¿Quién va a querer pasar por algo así, pudiendo evitarlo?

Eddie asintió despacio, pero Annie no tuvo la certeza de que estuviera de acuerdo con ella.

—¿Tu mujer está aquí? —preguntó Annie.

—No forma parte de tu viaje.

—Pero ¿puedes estar con ella? ¿En tu cielo?

Eddie sonrió.

—Sin ella no sería mi cielo.

Annie intentó corresponder a su sonrisa, pero las palabras de Eddie la habían hecho sentirse peor. Su máximo deseo era que Paulo hubiera sobrevivido, que hubieran salvado su vida con el trasplante, pero eso equivalía a estar sola en el más allá. En su ausencia, ¿seguiría Paulo con su vida en la Tierra? ¿Encontraría a otra persona? Y al morir, ¿elegiría un cielo diferente del que Annie no formara parte?

—¿Qué pasa? —dijo Eddie—. No pareces muy contenta.

—Es que… lo estropeo todo —dijo Annie—. Hasta lo bueno. Hasta mi noche de bodas. Fue idea mía ayudar a un hombre en la carretera. Y fui yo la que insistí en la vuelta en globo.

Bajó la vista.

—Me equivoco tantas veces…

Eddie miró la única estrella que brillaba sobre ellos.

—Antes yo pensaba lo mismo —dijo.

Anocheció de golpe. El aire se volvió caliente y pegajoso, y el paisaje desértico. Las montañas peladas que los rodeaban se llenaron de pequeños fuegos. Annie notó que se endurecía el suelo debajo de sus pies.

—¿Qué está pasando? —preguntó.

—Aún no hemos terminado —dijo Eddie.

ANNIE SE EQUIVOCA

TIENE VEINTIOCHO AÑOS. Han pasado ocho desde la muerte del bebé. Se cumplen ese día. Pide turno vespertino en el hospital y espera que no haya tanto tráfico para ir por la mañana al cementerio.

Hay niebla y humedad. Se acerca a la tumba, oyendo el ruido de sus pies al arrastrarse por la grava. Cuando llega a la lápida, pisa la hierba suavemente, como si no quisiera molestar. Lee el nombre de Laurence y las fechas cinceladas que exponen su corta vida en la Tierra:

4 de febrero–7 de febrero

El guion de en medio parece una medida más fidedigna.

—Ojalá supiera rezar mejor —susurra—. Ojalá supiera qué pedir por ti.

Se dice por enésima vez que no fue madre de verdad, que no cambió ningún pañal, ni sostuvo ningún biberón, ni acunó a su hijo para que durmiera. Se siente casi tonta, excluida de la identidad por la que justamente lleva luto.

De vuelta al hospital hay mucho tráfico. Agitada por la visita, mete la mano en el bolso para buscar un ansiolítico.

Normalmente se los toma por la noche, pero se recuerda que tiene todo un turno por delante y le gustaría cumplirlo sin dramas. Además, si este día no justifica un poco de alivio, ¿cuál puede justificarlo?

—No sabes lo que ha pasado —le dice otra enfermera cuando llega—. Ha llamado Terry diciendo que está enfermo.

—¿Y no lo sustituye nadie?

—No. Estamos tú y yo solas.

Las próximas seis horas son de mucho ajetreo, repartido por múltiples habitaciones. Annie no se sienta ni un momento. Las luces de aviso no paran de encenderse y las dos enfermeras van de aquí para allá en respuesta a las llamadas. Annie recoge bolsas de plástico con fármacos, identificadas por pacientes, y los administra con meticulosidad a la vez que avanza por el pasillo.

Al llegar a la habitación 209K/L, ve que el paciente de la cama derecha, un hombre delgado y mayor conectado a un tubo de alimentación, está durmiendo. Busca su triturador de pastillas, abre la bolsa de la medicación y se dispone a administrarla con una jeringuilla.

—¡Enfermera, necesito ayuda! —grita el paciente de la cama de al lado, un hombre calvo y corpulento, con un vientre que levanta la sábana—. Con esta almohada no puedo estar cómodo.

—Ahora mismo voy —dice Annie.

—Con esta almohada no puedo dormir.

—Un segundito.

—¿Puede traerme otra almohada?

Annie sigue triturando el medicamento. Luego va a buscar agua purificada para disolverlo.

—¡Necesito dormir! —se queja el hombre.

Annie suspira y aprieta el botón de llamada, con la esperanza de que venga la otra enfermera, aunque sabe que llevan toda la tarde sin parar.

—Vamos —dice el hombre grueso.

—Ahora mismo estoy con usted.

—Pero bueno, ¡si el tipo este no tiene ninguna prisa! ¡Está frito!

Por un lado, los gritos del paciente la alteran, hasta casi hacerla temblar; por el otro, está medio adormilada por la medicación. Se frota la frente y aprieta los párpados como si intentara exprimirse el dolor de la cabeza. Luego echa la pastilla machacada en el agua y la absorbe en la jeringa.

—Qué tieso tengo el cuello… —se queja el hombre.

Annie pone la jeringa en el portatubos, ajusta bien la punta y manipula el cierre para que el fármaco empiece a circular por el cuerpo del paciente.

—¡Vamos, enfermera!

«Tenía que ser justo hoy», piensa sin apartar la vista de la etiqueta médica de la bolsa, para no mirar al otro hombre. Parpadea. Algo no está bien. La fecha de la bolsa. No es hoy. «Tenía que ser justo hoy.» Sabe muy bien qué día es: el 7 de febrero, el aniversario de lo peor que le ha pasado nunca. La fecha de la etiqueta es el 3 de febrero. Suelta la abrazadera, resolviendo una ecuación a gran velocidad. Cuatro días. ¿Qué puede cambiar en cuatro días? Ve algo apuntado en la etiqueta: ap, es decir, «administración prolongada». Una pastilla que se traga, pero que en ningún caso se tritura. Sin embargo, este hombre ya no puede tragar. Quizá cuando escribieron la nota todavía pudiera…

Arranca la jeringa del portatubos.

—*Pero bueno, enfermera, que esta almohada...*

—*¡Cállese! ¡Cállese de una vez!*

Annie no oye lo que acaba de gritar. Sólo piensa en lo que ha estado a punto de hacer: inyectar un analgésico opioide de liberación prolongada por un tubo de alimentación, lo cual habría administrado de golpe todo el fármaco, hecho para ser administrado a lo largo de doce horas. Podría haber perjudicado gravemente al paciente dormido. Hasta podría haberlo matado.

—*¡A los pacientes no se les puede hacer callar!* —*grita el hombre gordo*—. *La voy a denunciar. Me aseguraré de que...*

Annie no lo oye. Sólo escucha su propia respiración. Su corazón late con tanta fuerza que parece que van a reventarle las costillas. Recoge la jeringa y la bolsa de plástico usada, corre por el pasillo y lo tira todo a la basura, sintiéndose como una delincuente que intenta esconder el arma del delito.

Se toma dos semanas de baja y vuelve con la determinación de concentrarse más que nunca en sus pacientes. Nada de distracciones, ni de problemas personales. «Haz algo bien, Annie —se dice—. Una cosa, al menos.»

La cuarta lección

EL SUELO QUE pisaban Eddie y Annie se cubrió de barro y humedad. En una ladera había barriles de petróleo y por todas partes ardían cabañas de bambú.

—¿Qué sitio es éste?

—La guerra.

—¿Cuándo? ¿Dónde?

Eddie suspiró.

—La guerra es siempre igual, en cualquier época y en cualquier sitio —avanzó, haciendo ruido en el barro con los pies—. Esto es Filipinas. La Segunda Guerra Mundial.

—Tú estuviste prisionero.

—Sí.

—Y te escapaste.

—Al final sí.

—Lo vi cuando me tocaste. A estas cabañas les prendiste fuego tú.

—Exacto —dijo Eddie—. Fui yo.

Avanzó lentamente por el barro hasta que encontró los restos de un lanzallamas primitivo, una manguera larga conectada a una mochila con un bidón de gasolina.

—Cuando me capturaron me asusté. Estaba loco de miedo y, una vez libre, me desahogué. Como todos: atacamos, destruimos... Sólo dejamos cenizas. Entonces me pareció justificado, quizás hasta valiente. Pero fue una atrocidad, aunque no llegara a darme cuenta.

Señaló una cabaña. Annie vio una sombra que corría entre las llamas.

—Un momento. ¿Eso ha sido una persona?

Eddie bajó la vista, como si no pudiera mirar. Poco a poco salió de entre las llamas una niña con la piel canela y el pelo de color ciruela. Se estaba quemando. Salían llamas de su cuerpo. Cuando pasó junto a Eddie, las llamas se apagaron, dejando terribles quemaduras en su cara y su piel. Puso una mano sobre la de él.

—Ésta es Tala —dijo Eddie en voz baja—. Estaba escondida en la cabaña cuando la incendié.

Fijó en Annie su mirada.

—Está en el cielo por mí.

ANNIE SE APARTÓ. De pronto tenía miedo, como si se hubiera equivocado sobre aquel hombre mayor y su aura de seguridad fuese una argucia.

—Equivocaciones —dijo Eddie—. Es lo que he venido a enseñarte. ¿Tú tenías la sensación de equivocarte todo el tiempo? ¿Y ahora? ¿Tienes la sensación de que quizá te estés equivocando?

Annie apartó la vista.

—Antes también yo lo pensaba —prosiguió Eddie—. Creía que toda mi vida era un error. Siempre me pasaban cosas, a cada cual peor, y al final desistí de seguir esforzándome.

Se encogió de hombros.

—Ni siquiera fui consciente de la peor equivocación que cometí.

Se giró hacia la niña y tocó su pelo, que colgaba en mechones.

—Tala estaba escondida en la cabaña. Sólo me enteré después de morir. Me la encontré en el cielo y me dijo que murió quemada por mi culpa.

Se mordió el labio.

—Casi vuelvo a morirme.

—¿Por qué me lo cuentas? —preguntó Annie.

Eddie hizo que Tala se acercara a Annie lo suficiente para que se le vieran las ampollas en la piel quemada.

—¿Verdad que te ha perseguido algo casi toda tu vida? ¿Algo que no recuerdas, pero que te hace sentirte a disgusto contigo misma?

—¿Cómo lo sabes? —preguntó Annie en voz baja.

—Porque a mí me pasó toda la vida. Me sentía fuera de lugar, como si no tuviera por qué estar en el Ruby Pier, pero tampoco pudiera irme. ¿Reparar juegos? ¿A quién le interesa un asco de trabajo así? Pensaba que aceptarlo sólo podía haber sido una equivocación.

»Luego me morí. Y Tala me explicó por qué estaba en el Ruby Pier: para proteger a los niños, que era precisamente lo que no había hecho con ella. Me dijo que había estado en el lugar exacto en que tenía que estar.

Puso una mano en el hombro de la niña.

—Luego me dijo otra cosa, algo que borró definitivamente mi dolor. Mi salvación, supongo, por usar una palabra fina.

—¿Qué te dijo?

Eddie sonrió.

—Que morí salvándote la vida.

ANNIE EMPEZÓ A temblar. Eddie la tomó de las manos.

—Vamos, que ahora ya puedes verlo.

—No puedo.

—Sí que puedes.

—No me acuerdo.

—Sí que te acuerdas.

Annie gimió entre dientes.

—Es que no quiero.

—Ya lo sé, pero es la hora.

El cielo se puso rojo, un rojo encendido. Annie sintió un tirón en la cabeza, como si se la levantaran por el pelo, y regresó al día en el Ruby Pier, cara a cara con la muerte. Vio un vagón gigante que se inclinaba en el punto más alto de la Caída Libre. Asistió al frenético rescate de sus ocupantes. Vio gente que señalaba con el dedo y se tapaba la boca. Vio que Eddie se abría paso entre la multitud, ordenando a gritos que se dispersaran y echaran a correr. Vio una masa de gente en una dirección y a sí misma corriendo en la contraria, hacia una plataforma vacía a la que trepó y en la que se quedó encogida. Vio su cuerpo temblando. Se vio murmurar: «Mamá… Mamá… Mamá…».

Vio que Eddie se acercaba corriendo con el rostro desencajado. Vio caer como una bomba el enorme vagón negro. Vio que Eddie saltaba con los brazos extendidos. Sus grandes manos chocaron con el pecho de Annie, empujándola hacia atrás. Annie se cayó por el borde: primero el trasero, luego la parte posterior de las piernas, y al final los talones. Justo cuando perdía el contacto, atisbó el cuerpo de Eddie encima de la plataforma.

El vagón lo aplastó como una bota a un bicho.

Luego se acercó algo más pequeño por el aire, tan deprisa que Annie no tuvo tiempo ni de parpadear, y le quebró la muñeca. Annie gritó con más fuerza que nunca. Se le cerraron los ojos y desaparecieron todos los detalles, como si aquella bomba lo hubiera reventado todo: a ella, a Eddie, el día y la vida misma.

—DIOS MÍO... FUE lo que pasó —gimió Annie, como si se despertara de un sueño—. Ahora me acuerdo. Me empujaste. Me salvaste la vida. La pieza me cortó la mano y me desmayé.

—Aquí arriba se aclaran mucho las cosas —dijo Eddie.

Annie se quedó boquiabierta, mirando a todas partes mientras revivía la escena mentalmente.

—Pero...

Soltó la mano de Eddie y bajó la voz.

—Entonces te maté.

—Me mató un vagón.

—Por mi culpa.

—Por culpa de un cable.

—Tenía el recuerdo bloqueado.

—No estabas preparada.

—¿Para qué?

—Para la verdad.

—¿La de que te moriste?

—Ésa no es la única verdad.

Eddie se apartó, haciendo un ruido de succión con las botas en el suelo cenagoso.

—En la Tierra captamos el qué de las cosas. El porqué tarda un poco más.

—No —insistió Annie—. ¡No había ningún porqué! Sólo yo donde no tenía que estar. Y la gente encubriéndolo. No me lo dijo nadie. Yo no me acordaba y mi madre lo mantuvo en secreto.

—Te protegía.

—¿De qué?

—De lo que haces ahora: echarte la culpa.

—Oí un rumor. En la preparatoria.

—¿Y?

Annie vaciló.

—Me hice la sorda. Me cambié de colegio. Si quieres que te diga la verdad...

Se sujetó los codos, arrimándolos al cuerpo.

—Me alegraba de no acordarme.

No podía mirar a Eddie.

—Diste la vida por mí —susurró—. Lo sacrificaste todo. Y yo ni siquiera podía enfrentarme a la verdad.

Se dejó caer al suelo, de rodillas en el barro.

—Cuánto lo siento... Ojalá hubiera salido corriendo en la otra dirección. Así no habrías tenido que salvarme.

—No lo entiendes —contestó amablemente Eddie—. Tenía que salvarte. Fue como pude compensar la vida que había quitado.

»Es como funciona la salvación. Lo que hacemos mal abre las puertas a hacer otras cosas bien.

TALA SE PUSO la mano de Eddie en la cara y después se la pasó por los brazos. Las costras se fueron desprendiendo.

La piel quemada se cayó. Ahora la tenía perfecta. Apretó el vientre de Eddie con cinco dedos.

—Tala fue mi quinta persona. Tú eres mi siguiente.

—¿Tu siguiente?

—Primero encuentras cinco personas, y luego eres una de las cinco de otra. Es como conecta el cielo a todo el mundo.

Annie bajó la vista.

—Mi tercera persona me ha dicho que tengo que reconciliarme contigo.

—¿Qué persona era?

—Mi madre.

—Pues tenía razón en lo de reconciliarte —dijo Eddie—, pero no se refería a mí. La reconciliación sólo puede ser con uno mismo. Eso lo he aprendido a las malas.

Miró a Tala.

—La verdad es que estuve años pensando que no hacía nada porque era un don nadie. Tú te has pasado años haciendo muchas cosas y creyendo que te equivocabas en todas.

Exhaló.

—Ninguno de los dos tenía razón.

Se agachó para ayudar a Annie a levantarse.

—Eh, muchacha…

Annie levantó la vista.

—Los don nadies no existen. Las equivocaciones tampoco.

En ese momento se deshizo el paisaje, como si se escurriese por una alcantarilla. La oscuridad de la guerra se disipó. Tala, cuyo nombre en filipino significaba «estrella», se elevó hacia el firmamento, convirtiéndose en la luminaria de un cielo de un azul perfecto que los envolvía.

También Annie sintió que se elevaba y que, al cabo de un rato, era depositada suavemente en un asiento de una rueda de la fortuna con los bordes de acero, que dominaba a gran altura la mancha del Ruby Pier. Contempló las carpas y los juegos, con sus vivos colores. Durante el descenso, el cielo empezó a poblarse de pequeñas luces que fueron aumentando de modo exponencial, haces diminutos que a medida que bajaba Annie se revelaron como ojos de niños: niños que chapoteaban en el tobogán acuático, que daban vueltas en el Remolino Supersónico y que se reían y jugaban, montados en los caballos de los carruseles. Debían de ser miles.

—¡He trabajado aquí toda mi vida! —gritaba Eddie entre ellos—. Tener seguros los juegos era tener seguros a los niños. Y como estaban seguros, crecieron y también tuvieron niños. Y sus niños tuvieron otros niños y esos niños también tendrán sus propios niños.

Señaló el mar de rostros infantiles.

—En mi cielo puedo verlos a todos.

El vagón de Annie descendió hasta la plataforma.

—¿Entiendes lo que digo?

—No estoy segura —contestó.

Eddie se giró.

—Gracias a que te salvé, a pesar de lo duros que fueran para ti esos años, y de lo grave que fue lo de tu mano, también pudiste crecer. Y al poder crecer…

Volvió a girarse. Annie se quedó de piedra. Eddie tenía en sus brazos un bebé, un niño, con una gorrita azul en la cabeza.

—¿Laurence? —susurró ella.

Eddie se acercó y le puso a su hijo en los brazos, que temblaban. En ese mismo instante, Annie volvió a estar completa, a tener el cuerpo entero. Acunó al bebé contra su pecho, en un gesto maternal que la llenó de un sentimiento de absoluta pureza. Sonrió y lloró. No podía parar de llorar.

—Mi bebé —dijo efusivamente—. Ay, mi bebé, mi bebé...

Le movió los deditos de los pies y le hizo cosquillas en los de las manos. Sus lágrimas caían en la frente diminuta. Él se las quitaba, mirando a todas partes, muy atento. Estaba claro que de alguna manera conocía a Annie, como ella lo conocía a él. Su hijo existía. Estaba a salvo en el cielo. Annie experimentó una serenidad que la vida mortal jamás le había permitido sentir.

—Gracias —le susurró a Eddie.

Antes de que él hubiera podido contestar, salió disparada por el cielo, lejos del parque de diversiones, y dejó atrás la única estrella, Tala, con su luz, para internarse en el inerte y oscuro vacío de otro universo. Al bajar la vista vio que no tenía nada entre los brazos y lloró de angustia, sintiéndose completamente llena y totalmente vacía, que es lo que se siente al tener un hijo y perderlo.

DOMINGO, 15:07 HORAS

CUANDO LA PATRULLA se acercó al hospital, Tolbert miró las largas franjas de nubes por la ventanilla y rezó en silencio. Sabía que era el último momento en el que la esperanza podría eclipsar los hechos. Una vez dentro, cualquier cosa que viera sería indiscutible.

El coche frenó. Tolbert respiró profundamente. Después abrió la puerta, se estiró el saco, bajó deprisa y caminó al lado del policía. Ninguno de los dos decía nada.

Entraron por urgencias. Al acercarse al mostrador, vio que detrás de una cortina lateral estaba Teddy, su ayudante, sentado al borde de una camilla con la cabeza inclinada y las manos sobre las orejas.

Lo primero que sintió fue alivio. «Está vivo. Menos mal.» Luego rabia. Cruzó la cortina hecho una furia.

—Eh, oiga... —dijo el policía, pero Tolbert agarró a Teddy por los hombros y se puso a gritar.

—Pero ¿qué diablos ha pasado, Teddy? ¿Qué ha pasado?

La boca de Teddy era un óvalo y su cuerpo temblaba.

—El viento —musitó—. Un cable de alta tensión. He intentado esquivar...

—¿Pero no miraste la previsión?

—Es que...

—¿La has mirado o no, carajo?

—Decían...

—¿Por qué subiste? ¿Los otros quiénes eran? ¿Qué diablos te pasa, Teddy?

El policía lo apartó.

—Tranquilo, hombre, tranquilo —dijo.

Teddy, jadeando, se sacó una tarjeta del bolsillo de la camisa.

—Decían que te conocían —dijo con voz rota.

Tolbert se quedó estupefacto. La tarjeta estaba gastada, como si se hubiera mojado con la lluvia. Llevaba el nombre de Tolbert escrito a mano en la parte de atrás.

—Perdone, ¿es el dueño del globo?

Dio media vuelta y se encontró frente a otro policía.

—Necesitamos una declaración.

Tragó saliva.

—¿Por qué?

El policía abrió una libreta.

—Ha habido una víctima mortal.

La última eternidad

ANNIE SE DERRUMBÓ en una superficie fría y dura, con el alma partida en dos mitades. Había tenido a su bebé en brazos. Se había sentido en paz. Durante un momento de dicha había creído encontrar su eterno reposo. Viviría para siempre en la estrellada luz del Ruby Pier, con su hijo Laurence, con Eddie y con los otros niños por cuya vida había velado el viejo. Sería su cielo.

Sin embargo, ya no estaba en ese cielo, y era evidente que no podría volver. Se sentía destrozada, vaciada. Ni siquiera tenía fuerza de voluntad para abrir los ojos. Cuando lo hizo, en el firmamento no se movía ningún color. Todo lo cubría una oscuridad negra, como si el aire mismo fuera opaco.

«¿Qué sentido tiene continuar?», pensó, dejándose caer de nuevo. Su vida había sido revelada por las personas que acababa de encontrar. Sus secretos más profundos habían quedado en carne viva, abandonados por los centinelas asignados tiempo atrás por su cerebro para protegerlos.

Ahora ya sabía todo lo ocurrido. Ya sabía por qué había más personas implicadas. Lo que no sabía era cómo encajaban las piezas, ni lo más angustioso: qué final había tenido su vida. «¿Ya está?», pensó. ¿A eso se resumía su existencia? ¿A una cuerda que, tras ser cortada, se balanceaba, suelta?

De pequeña le habían enseñado que cuando se muriera se la llevaría el Señor y todo sería consuelo y paz. Quizá fuera el destino de las personas que cumplían sus misiones. Si no acababas tu historia en la Tierra, ¿cómo podía hacerlo el cielo por ti?

Hizo una mueca al deslizar las manos por su cuerpo. Tenía jaqueca, los hombros magullados y, en la base de la espalda, una tensión que recordaba las secuelas de la caída desde el globo. Al acercar las palmas de las manos a los muslos reconoció una tela suave y satinada, que se iba ensanchando y plisando hacia los pies.

No le hizo falta verlo para darse cuenta de que llevaba otra vez su vestido de novia.

«LEVÁNTATE —OYÓ QUE le decía su voz interior—. Acaba.» Débil, aturdida, se incorporó en la oscuridad. Estaba descalza. El vestido se pegaba a su cuerpo. Al mirar hacia abajo, vio puntos de luz al otro lado de la superficie blanca. Estrellas. Primero pocas y después millares, como toda una galaxia, y todas bajo sus talones.

Dio un paso.

El suelo empezó a girar.

Annie se paró.

El suelo también.

Dio otro paso y el suelo se movió con ella. Estaba caminando sobre algún tipo de globo, una gigantesca bola de cristal que contenía todo un universo. En otras circunstancias podría haberle interesado, pero ahora Annie era un vacío, una cáscara sin nada en su interior. Avanzó cansinamente, sin paz ni claridad, sin el menor atisbo de la «salvación» que había iluminado a Eddie.

Justo cuando se imaginaba que sería su destino permanente, empezó a ver objetos dispersos que pasaban: una hamaca beige dada la vuelta, un atril al revés, cintas blancas entre dos soportes de metal... Se apoderó de ella una nueva sensación, violenta y turbadora: la de que, más que el cielo de otro, eran los restos de su Tierra.

Más adelante vio una carpa y debajo de la carpa, las espaldas de muchos hombres y mujeres con trajes y vestidos de novia.

—¿Hola? —dijo con todas sus fuerzas.

Silencio.

—¿Me oyen?

Nada.

—Que me diga alguien dónde estoy, por favor —suplicó, acercándose—. ¿Alguien de aquí me conoce?

Las figuras se deshicieron en minúsculas partículas, dejando a un solo hombre con esmoquin que levantó la cabeza.

—Yo sí —dijo Paulo.

La quinta persona que Annie encuentra en el cielo

EL AMOR LLEGA cuando menos te lo esperas. El amor llega cuando más lo necesitas. El amor llega cuando estás preparado para recibirlo, o cuando ya no lo puedes negar. Son frases hechas que contienen diversas verdades acerca del amor. Para Annie, sin embargo, la verdad del amor era que durante mucho tiempo, cerca de diez años, ni lo esperó, ni recibió ninguno a cambio.

Después de perder a su madre y a su hijo, Annie se apartó de casi todo el mundo para refugiarse en su trabajo de enfermera. Se vestía cada día igual: ropa azul de enfermera y zapatos deportivos grises. Siempre cruzaba el pueblo por las mismas calles y siempre pedía el mismo té en la misma cafetería.

Y día tras día cuidaba a sus pacientes.

Les actualizaba el historial y conocía a sus médicos. En pediatría evitaba trabajar, porque le despertaba recuerdos demasiado difíciles. En cambio, se le daban muy bien las personas mayores. Las animaba a hablar y ellas estaban encantadas de poder conversar. Annie descubrió que escuchar a los pacientes mayores era una especie de medicina para ambas partes. Era una manera de cuidarlos, pero no hasta el punto de que le doliera. Y la ausencia de dolor se había convertido en el motor de su vida.

Hacía guardias extra. Dejaba que el trabajo ocupara sus días y sus noches. Apenas tenía vida social. No salía con hombres. Se recogió los rizos de color caramelo con una pequeña liga negra y apagó la luz de su corazón.

Hasta que una mañana, de camino al hospital, con el té casi acabado y tibio, levantó la mirada y su mundo dio un vuelco, porque en un andamio estaba Paulo, Paulo de mayor, con unos jeans azules desteñidos, dando martillazos a una plancha. En el sótano del alma de Annie se accionó una palanca que hizo circular su sangre y provocó un cosquilleo en sus terminaciones nerviosas.

«No me mires —pensó—. Aún puedo alejarme de ti si no me...»

—Oye, yo a ti te conozco —dijo él, y empezó a sonreír—. ¡Eres Annie!

Annie escondió su mano izquierda en la espalda.

—Sí, soy yo.

—Del colegio.

—Del colegio.

—Yo soy Paulo.

—Sí, sí me acuerdo.

—Del colegio.

—Del colegio.

—Vaya. Annie.

Annie sintió un calor en la piel. No entendía que a esas alturas tuviera algún efecto en ella un compañero de preparatoria, pero cuando él dijo «Vaya. Annie», no pudo evitarlo y pensó lo mismo: «Vaya, Annie. ¿Qué está pasando aquí?».

Y aunque entonces no lo supiera, estaba aprendiendo otra verdad acerca del amor: que viene cuando viene.

Así de fácil.

Su noviazgo tuvo menos de cortejo que de reencuentro. Cenaron juntos esa misma noche y el resto de noches de la semana. Se rieron y hablaron largo y tendido, hasta tarde, evitando la incomodidad inicial gracias a su infancia compartida.

Paulo contaba un montón de anécdotas. Al final de cada una, Annie, con la mano en la barbilla, preguntaba: «¿Y luego?». Después de irse a vivir con su familia a Italia, había tenido muchas aventuras con lugareños, jinetes, un equipo de futbol itinerante y un año en las montañas que había sido peligroso. Annie tenía la sensación de que eran historias reservadas sólo para ella.

—¿Y tú qué tal? —le preguntó Paulo—. ¿Cómo está tu madre?

—Murió.

—Lo siento.

—Gracias.

—A mí me caía bien, Annie.

—Pues te rechazó.

—Se tomaba muy a pecho protegerte —Paulo se encogió de hombros—. Por eso me caía bien.

Esa primera velada se dieron un abrazo rápido, con palmadas en la espalda, como amigos de toda la vida, pero a las pocas noches, después de una cena a base de espaguetis, se besaron suavemente junto al coche de Paulo. Al final del beso, Annie tenía la impresión de que era el primero que daba. Dijo que ese beso lo tenía guardado desde el día en que Paulo había dejado la preparatoria —«sin contar el desastre aquel en tu casillero»—, y Paulo contestó que a él lo había dejado muy mal el incidente, la actitud de los otros y también la suya propia.

—Era una bruja, la tal Megan —dijo Annie.

—Pero tu dibujo estaba increíble. ¿Aún lo tienes?

A Annie le dio la risa.

—¿Que si aún lo tengo?

—Sí.

—¿Por qué?

—Porque lo quiero.

—¿Que quieres el dibujo?

—Pues claro. Por ese dibujo supe que estabas enamorada de mí.

Annie bajó la mirada y se tocó la rodilla.

—Eso no lo sabías —dijo en voz baja.

—Sí que lo sabía. Y que estaba enamorado yo de ti.

Annie levantó la vista.

—¿Estás bromeando?

—Para nada.

—Entonces, ¿por qué no dijiste algo?

—Annie —dijo Paulo, sonriendo aún más, si cabía—, ¡tenía catorce años!

Con el paso del tiempo, sus vidas se fundieron sin tropiezos, como en los amores de verdad, y no les hizo falta explicitarlo para saber que seguiría siendo siempre así.

Un día, durante la pausa de la comida, Annie llevó en silla de ruedas a una paciente, la señora Velichek, a la nueva ala de geriatría. Era de Nueva York y acababa de cumplir noventa años. De cuerpo frágil, pero llena de chispa, a Annie le caía bien.

—¿Qué le parece? —preguntó Annie—. Es más grande que la de an...

Dejó la frase a medias. En el suelo estaba Paulo, de rodillas, arreglando las molduras. Él alzó la vista.

—Buenos días, preciosa.

—Eso no iba por mí —dijo la señora Velichek.

—¿Cómo lo sabe? —preguntó Annie.

—Eso, ¿cómo lo sabe? —añadió Paulo, mientras se levantaba para dar la mano a la paciente.

—Señora Velichek, le presento a Paulo, un amigo —dijo Annie.

Paula señaló el mostrador con la cabeza.

—Parece que ya han servido la comida.

Annie vio un surtido de panes y fiambres que alguien había puesto allí.

—No es para nosotros —dijo.

—Ni lo es, ni deja de serlo —dijo Paulo, travieso.

—¿Usted tiene hambre, señora Velichek?

Un minuto después, Paulo y Annie se divertían haciendo bocadillos. Paulo los rellenaba con fiambre en abundancia.

—No tan grande —le advirtió Annie.

—¡No le hagas caso! —dijo la señora Velichek.

—Siempre se lo hago —contestó Paulo.

—Más le vale —dijo Annie, riéndose y dándole codazos.

—Amigo, ¿eh? —dijo la señora Velichek—. ¿Crees que engañas a alguien, guapa?

AL CABO DE un mes vivían juntos, entretejiendo sus vidas cotidianas como dos colores que se funden entre sí.

Compartían desayuno, pasta de dientes, resfriado y dirección postal.

Vino el otoño, llegó el invierno y la primavera confluyó en el verano. Una mañana de sol, antes de salir para el trabajo, Paulo le quitó la liga de pelo a Annie y le soltó los rizos.

—¿Así mejor? —preguntó.

—Mejor —dijo él.

Podrían haberse referido a cualquier cosa.

Después de eso, casarse fue un simple formalismo, pero Paulo tenía alma de *showman* y esperó hasta tenerlo todo preparado. Una noche llevó a Annie a la azotea del edificio en el que vivían, iluminada con pequeñas antorchas, mientras salía música clásica por un gran altavoz blanco. Al quitar el envoltorio de algo muy voluminoso, reveló una escultura muy particular: dos ranas gigantes de papel maché. Las había hecho en conmemoración al día que se conocieron en el patio del colegio saltando el potro.* Una de las ranas llevaba corbata y saltaba encima de la otra. Había una nota atada a la corbata.

Annie la leyó.

—«¿Un pequeño paso para una rana, un salto gigante para nosotros dos?»

Sin poder aguantarse la risa, se giró hacia Paulo, que ya tenía en las manos un estuche abierto, con un anillo dentro. Annie ni siquiera esperó la pregunta.

—Sí —dijo de todo corazón—. Sí. Sí. Sí.

---

* En inglés, este juego infantil se dice *leapfrog,* que literalmente significa «salto de la rana». *(N. del T.)*

—No —susurró Annie.

Paulo pestañeó.

—No puedes estar aquí.

Abrió las manos.

—¡No quiero que estés aquí!

Acercó una mano a la mejilla de Annie.

—¡No me toques! ¡No estés aquí! ¡Tenías que vivir! ¡Tenías que vivir!

Los dedos de Paulo le rozaron la piel. Fue como si le derritieran todo el cuerpo.

—Mira, Annie —dijo—, la aurora boreal.

Debajo de ellos, al otro lado de la superficie cristalina, se movían oleadas verdes y rojas como humo entre las estrellas.

—¿Sabes la causa?

—Me lo habías explicado muchas veces —contestó ella. Le temblaba la voz—. Son unas partículas que se desprenden del sol. Llegan a la Tierra con los vientos solares. Tardan dos días. Y penetran en la atmósfera…

Se le hizo un nudo en la garganta.

—En la cima del mundo.

—Que es donde estamos —dijo Paulo.

Hizo un gesto con la mano y, bajo los pies de ambos, una espléndida oleada de colores barrió el firmamento. Annie miró con atención a su marido, que estaba como el día de la boda, pero muy sereno, sin una sola arruga alrededor de los ojos ni en los labios. No había nadie a quien deseara ver más. No había nadie a quien deseara ver menos.

—¿Por qué? —susurró—. ¿Por qué estás aquí?

—Por los vientos —dijo él.

La quinta lección

PERDER A ALGUIEN es tan antiguo como la vida misma, pero aunque hayamos evolucionado tanto aún no conseguimos aceptarlo.

Al comprender que no había salvado la vida de Paulo, Annie se sintió consumida por sus pérdidas. El padre que la había abandonado a corta edad, la mano lisiada por el accidente, el hogar del que no había tenido más remedio que irse, los amigos de los que se había separado, la muerte de su madre, la pérdida de su bebé, su noche de bodas... Y ahora su marido allá, delante de ella: su última pérdida.

Había vuelto a fallar.

—¿Cuánto tiempo llevas aquí? —preguntó.

—Algo.

—¿Vas a encontrar a cinco personas?

—Ya las he encontrado.

—No entiendo. ¿Me he muerto después de ti?

—Aquí el tiempo no funciona igual, Annie. Lo que en la Tierra son pocos segundos, en el cielo puede ser un siglo. Es alucinante, mejor que todas mis novelas de ciencia ficción.

Paulo sonrió. Annie sintió que se le tensaban las comisuras de la boca, pero luego se acordó de dónde estaban.

—No —insistió—. No es justo. Sólo hemos tenido una noche de casados.

—Una noche puede cambiar muchas cosas.

—¡No es bastante! —lo miró con una expresión de súplica infantil—. No lo entiendo, Paulo. ¿Por qué no podíamos ser felices? ¿Por qué me han quitado siempre todo lo bueno?

Paulo miró el firmamento negro como si hiciera una comprobación, a pesar de que no había nada.

—¿Te acuerdas del último día en la preparatoria? —dijo—. Pues salí corriendo a buscarte. Te vi en el parque. Estabas en una banca, llorando, pero fui incapaz de hablar contigo. Sabía que te había fallado.

»Al día siguiente salimos de viaje y la culpa me siguió corroyendo durante quince años. Aunque fuéramos tan jóvenes, sentía que había perdido a alguien importante, a alguien muy valioso. Al volver a Estados Unidos tenía la esperanza de verte otra vez. Y de repente apareciste en el hospital, como por arte de magia. Entonces comprendí que si quieres a alguien de verdad, siempre encuentras la forma de volver.

Annie frunció el ceño.

—Sí, y luego vuelves a perderlo.

—Cada día de vida pierdes algo, Annie. A veces es tan ínfimo como el aliento que acabas de expulsar, y otras tan grande que no ves posible superarlo.

Paulo la tomó de la mano.

—Pero lo superas, ¿verdad?

Annie sintió una explosión de amor en sus arterias. Tenía delante a su marido. Al menos podía estar con él. Y sin embargo…

—Quería salvarte —susurró.

—Me has dado un pulmón.

—Pero te has muerto igualmente.

—Eso no quita que me lo hayas dado.

—¿Cómo puedes tomártelo con tanta calma? Yo lo único que siento es…

—¿Qué?

Annie buscó la palabra.

—Desconsuelo.

Paulo se detuvo a pensar.

—Quiero enseñarte algo.

Metió la mano en el bolsillo de su chamarra y sacó un conejo hecho con limpiapipas.

—Ya me lo habías dado —dijo Annie.

—Mira bien.

De repente el conejo se deshizo mágicamente en cinco limpiapipas rectos. Paulo tomó uno e hizo una sencilla forma de dos jorobas.

—Esto es el corazón con el que nacemos, Annie. Es pequeño y está vacío, porque no le ha pasado nada.

Se lo puso en la mano.

—Y esto…

Retorció los otros cuatro limpiapipas para crear una versión más grande y más compleja, con líneas que lo atravesaban por dentro.

—Esto es el corazón con el que nos morimos. Después de la gente a la que hemos querido. Después de todas nuestras pérdidas. ¿Ves que es más grande?

—Pero está roto —dijo Annie.

—Sí.

—Es lo que lo estropea.

Paulo se lo puso contra el pecho.

—No. Es lo que lo completa.

De repente los limpiapipas se pusieron a brillar con fuerza y Annie sintió que en su interior crecía un pequeño latido.

—¿Qué está pasando, Paulo?

—Gracias, Annie. Durante un minuto he estado respirando como tú. Ha sido fabuloso.

—No, espera…

—Ahora tienes que irte.

—Pero si quiero estar contigo…

—Yo de aquí no me muevo, pero tú de momento tienes que vivir.

—¿Vivir?

—Una vez te salvaron de morirte, Annie. Tienes una deuda de salvación con el mundo. Por eso te hiciste enfermera. Y por eso tienes que volver. Para salvar a alguien más.

—No, Paulo. ¡Por favor!

Paulo le soltó la mano. Annie vio que desaparecían varios trozos de su propio cuerpo: primero los pies y los brazos, y después las rodillas, los muslos, el vientre y el pecho, descomponiendo todo lo reconstruido en el más allá. La superficie que tenía debajo pareció alisarse y derretirse. Oyó dos capas distintas de sonido, como si se estuvieran reproduciendo varias cintas a la vez. Paulo había empezado a diluirse en el intenso resplandor de la aurora boreal. Sólo se veía su cara, bastante cerca como para poder tocarla. Besó con suavidad a Annie, que intentó desesperadamente no soltarlo, retenerlo con los ojos, pero sus párpados bajaron como dos cortinas muy pesadas y todo quedó a oscuras. A continuación sintió en los hombros las dos manos de Paulo que la empujaban desde el cielo hacia la Tierra.

Supo que no era la primera vez que las tenía en los hombros.

—Dentro de nada nos veremos —susurró él.

Cuando se le abrieron los ojos, Annie tenía delante una lámpara fluorescente de techo. Oyó un leve zumbido mecánico y una voz de mujer.

—¡Mire, doctor!

Epílogo

La NOTICIA DEL accidente de globo se propagó rápidamente por todo el estado y, con el tiempo, llegó hasta los últimos rincones del planeta. La gente compartía fotos y hacía comentarios sobre la fragilidad de la vida.

Lo que se contaba era la historia de una pareja de recién casados, un piloto inexperto y un final feliz para dos de los tres pasajeros. El piloto, que hizo chocar el globo con una línea de alta tensión, se salvó de morir al caer de la cesta. A la novia la tiró su marido, todo un valiente, para ponerla a salvo. Después saltó él y, a pesar de sus múltiples heridas, sobrevivió durante varias horas, incluso unos minutos después de haber recibido un pulmón de su mujer. Falleció en el quirófano justo cuando ella entraba en coma, debido a las complicaciones del trasplante.

Lo que pocos sabían era que los médicos también perdieron fugazmente a Annie. Sus signos vitales no remontaban. Finalmente la reanimó un equipo en el que estaba su tío Dennis, el cual rompió a llorar cuando volvió a latir el corazón de su sobrina.

—Ya estás bien, Annie. Todo saldrá bien.

Sonrió a la fuerza.

—Qué susto nos has dado.

Annie parpadeó.

Por primera vez en mucho tiempo, no estaba asustada.

PASÓ EL TIEMPO. Como copos de un globo de nieve que acaba de agitarse, las vidas de los afectados por la tragedia se posaron lentamente en el suelo, pero no en los mismos sitios, sino en nuevos remansos de paz.

Teddy se mudó a otro estado, ingresó en una iglesia y dedicó mucho tiempo a moderar debates sobre segundas oportunidades. Tolbert cerró su negocio y vendió la propiedad. Estuvo cinco meses armándose de valor para escribirle a la viuda. Una semana después recibió una carta de respuesta.

A petición de Annie, fue a su casa y se llevó una gran sorpresa al ver en la puerta a una mujer embarazada. La encontró más amable de lo que se esperaba. Teniendo en cuenta todo lo ocurrido, llamaba la atención por su serenidad. Tolbert le dijo varias veces lo mucho que lo sentía y lo bien que le había caído Paulo durante su breve y lluvioso encuentro. Antes de irse, le preguntó si podría perdonarlo alguna vez por los hechos que habían desembocado en la muerte de su esposo, pero ella insistió en que no era necesario.

—Fueron los vientos —dijo.

Tolbert se fue y no llegó a saber nunca nada de otro viento, el que esa noche de lluvia había desviado él empujando a Paulo a un lado de la carretera e impidiendo que lo atropellara un coche a gran velocidad: una tragedia planeada por otra versión del mundo, que a Annie y Paulo ni siquiera les concedía una noche de casados, ni el hijo que nacería de esa noche. Pero son tantas las veces en que nuestras vidas experimentan modificaciones invisibles... El giro de un lápiz, de lo escrito a lo borrado.

POCO DESPUÉS DE esa visita, Annie se compró un mapa, preparó una pequeña bolsa y condujo hasta un parque de diversiones a orillas de un gran mar gris. Al llegar a la entrada, bajó del coche y contempló las torres y los minaretes del Ruby Pier, el suntuoso arco de entrada y un juego de caída libre que sobresalía por encima de todo.

Preguntó a los empleados si alguien recordaba a un tal Eddie que antes reparaba los juegos. La llevaron a un taller de mantenimiento detrás de los carritos chocones, un local de techo bajo y focos de escasa potencia, con cabezas de payaso de porcelana y latas de café llenas de tornillos y de tuercas. Allá le presentaron a un tal Domínguez, un hombre de mediana edad que se limpió las manos con un trapo y le confirmó que había trabajado para Eddie hasta su muerte. Cuando Annie le explicó quién era, a Domínguez se le cayó el trapo y estuvo a punto de volcar una silla al desplomarse en ella.

Al principio no le salían las palabras.

—Madre mía... Madre mía...

Después se echó a llorar.

—Lo siento, pero es que... Eddie estaría tan contento de saber que no te pasó nada...

Annie sonrió.

Más tarde, Domínguez la llevó al fondo del taller y le mostró un baúl con las pertenencias de Eddie, figuritas, postales de cumpleaños y unas botas del ejército. Annie preguntó si podía llevarse una caja de limpiapipas, y Domínguez le dijo que si quería podía quedarse con todo el baúl.

—¿Te puedo hacer una pregunta personal? —le dijo a Annie antes de despedirse.

Ella asintió.

—¿Cómo es la sensación de que te salven la vida? Lo digo porque vi lo que pasó en el parque. De no haber sido por Eddie te habrías muerto.

Annie se tocó el vientre y dijo que era difícil de explicar. Le contó que antes siempre se había sentido dispuesta a cualquier cosa con tal de cambiar lo sucedido, pero que ahora lo vivía de otra forma. Agradecida, más que nada, dijo.

Fueron sucediéndose las estaciones y cuando llegó el calor volvieron a llenarse los parques de diversiones junto al mar y los niños se subieron a la última versión de la Caída Libre del Ruby Pier, ajenos, como afortunadamente son los niños, a los destinos modificados previamente en ella.

Entretanto, Annie dio a luz a una hija, que acunó dulcemente en su pecho. La llamó Giovanna, nombre italiano que significa «regalo de Dios», porque —tal como había sugerido Paulo— Annie había vuelto del cielo para traerla al mundo.

Un día, cuando Giovanna tenía cuatro años, Annie salió con ella a mirar las estrellas.

—¡Qué altas, mamá!

—Sí, es verdad.

—¿Hay algo más alto?

Annie se limitó a sonreír. Nunca había hablado con nadie de su viaje por el más allá. Sin embargo, no pensaba permanecer callada para siempre.

Un día, cuando Giovanna tuviera edad suficiente, le contaría una historia sobre el cielo. Le hablaría de los que ya estaban en él: su abuela, su hermano mayor y su papá, que miraba las estrellas vestido con esmoquin. Le hablaría de los secretos que había averiguado en su visita, de cómo inciden unas vidas en otras, y así sucesivamente.

Le explicaría que todos los finales son también principios, aunque en su momento lo ignoremos. Y durante el resto de sus días la niña tendría el consuelo de saber que más allá de sus temores, más allá de sus pérdidas, el cielo tenía las respuestas a todas sus preguntas terrenales, empezando por cinco personas que estaban esperándola, como nos esperan a todos, bajo los ojos de Dios, y en el auténtico sentido de esa palabra valiosa como pocas:

Hogar.

Agradecimientos

ME GUSTARÍA DAR las gracias, en primer lugar a Dios por la salud y la creatividad, dos bendiciones sin las cuales ningún ser humano podría crear una historia sobre el cielo.

Muchas gracias también a las siguientes personas por haber ayudado e inspirado la escritura de este libro.

Empecemos por las labores de investigación: Kay MacConnachie, psicóloga ocupacional y directora clínica de Motus Rehabilitation, en Warren (Michigan), cuyo trabajo con pacientes que se recuperan de un reimplante de mano me ha ayudado a dibujar un vívido retrato de las cicatrices emocionales y físicas que hostigan a Annie a lo largo de su vida; Gordon Boring, piloto de globos aerostáticos y presidente del Wicker Basket Balloon Center de Wixom (Michigan). ¡Por favor, lectores: que sepan que los accidentes como el que se describe en el libro son excepcionales!; Lisa Allenspach, miembro del cuerpo médico titular del hospital Henry Ford de Detroit y directora médica de su programa de trasplante de pulmón; y por último, Val Gokenbacj, jefe de enfermería del Baylor Scott & White All Saints Medical Center de Fort Worth

211

(Texas). Gracias especialmente a Jo-Ann Barnas, que ha realizado minuciosas investigaciones y ha formulado preguntas estupendas. El personaje de Sameer está inspirado parcialmente en la historia real de Everett Knowles, «Eddie», que en paz descanse, cuyo accidente en 1962, cuando era pequeño, desencadenó un gran avance en el campo del reimplante de extremidades.

Querría también expresar mi gratitud a David Black, agente y amigo en las buenas y las malas; a Gary Morris, Jennifer Herrera y Matt Belford, de la agencia David Black; y por último, al estupendo equipo de HarperCollins, empezando por mi querida editora Karen Rinaldi, que me ha dado muy buenas perspectivas sobre protagonistas femeninas, y siguiendo por Jonathan Burnham, Brian Murray, Hannah Robinson, Doug Jones, Frank Albanese, Leah Wasielewski, Stephanie Cooper, Sarah Lambert, Tina Andreadis, Leslie Cohen, Leah Carlson-Stanisic, Michael Siebert y Milan Bozic.

En el frente doméstico, muchas gracias a Kerri Alexander, que me ordena bien la vida, y a Marc Rosenthal, «Rosey», que impide que se caiga a trozos; a Vince y Frank; a Antonella Iannarino, nuestra increíble gurú de internet, y a Mendel, que sigue siendo un vago.

La idea de las cinco personas no existiría sin mi tío Eddie —el Eddie real—, que me contó mi primera historia sobre el más allá. Y cuando el Eddie de ficción dice que sin su mujer no habría cielo, soy yo hablando de Janine, que me inspira diariamente. Gracias a los familiares que han sido los primeros en leer el libro y a mis padres, que me enseñaron a contar historias y que desde mi último libro se han reunido en el cielo, donde no me cabe duda de que pasan juntos todos los minutos, como intentaron hacer aquí en la Tierra.

Por último, mi más profundo agradecimiento a mis lectores, fuente, como siempre, de sorpresa, inspiración, motivación y bendición. Quizá, de momento, el cielo sea un rezo y una conjetura, pero sé que gracias a ustedes ya lo he vivido un poco.

Esta obra se imprimió y encuadernó
en el mes de octubre de 2019,
en los talleres de Corporativo Prográfico, S.A. de C.V.,
Calle Dos #257, bodega 4, Col. Granjas San Antonio,
09070, Iztapalapa, Ciudad de México.